사피엔스 한국문학 | 채만식
중·단편소설 | 치숙 ǀ 논 이야기
03 | 레디메이드 인생

「사피엔스²¹」

사피엔스 한국문학 중·단편소설 03
채만식 치숙

초판 1쇄 펴낸날 2012년 2월 13일
초판 7쇄 펴낸날 2021년 6월 1일

지은이 채만식
엮은이 정홍섭
펴낸이 최병호
본문 일러스트 이경하
펴낸곳 (주)사피엔스21
주소 10403 경기도 고양시 일산동구 중앙로 1233 현대타운빌 205
전화 031)902-5770 **팩스** 031)902-5772
출판등록 제22-3070호
ISBN 978-89-6588-075-2 44810
ISBN 978-89-6588-072-1 (세트)

＊파본은 교환해 드립니다.
＊이 책에 실린 모든 내용에 대한 권리는 (주)사피엔스21에 있으므로
  무단으로 전재하거나 복제, 배포할 수 없습니다.

채만식

- 치숙
- 논 이야기
- 레디메이드 인생

지식을새로 한국문학 중·단편소설 03 | 엮은이·정홍섭

사피엔스 한국문학 - 중·단편소설을 펴내며

　『사피엔스 한국문학』은 청소년과 일반 성인이 한국 문학을 대표하는 작가들의 대표 작품을 편하게 읽으면서도 한국 현대 문학의 흐름을 이해하는 데 다소라도 도움이 되도록 기획한 선집(選集)입니다. 이미 다수의 한국 문학 선집이 시중에 출간되어 있으나, 이번 선집은 몇 가지 점에서 이전 선집들과의 차별화를 시도하였습니다.

　첫째, 안정되고 정확한 텍스트를 독자에게 제공하는 데 주안점을 두었습니다. 문학 작품은 말 그대로 언어라는 실로 짠 화려한 양탄자입니다. 더군다나 한국 문학을 대표하는 작가들의 대표 작품들이라면 두말할 나위가 없겠지요. 이들 작품을 감상하는 데 있어서 정확하면서도 편안한 텍스트를 제공하는 것은 선집이 지녀야 할 핵심 덕목이라고 할 수 있습니다. 그래서 이번 선집은 각 작품의 최초 발표본과 작가 생애 최후의 판본, 그리고 가장 최근에 발간된 비판적 판본(critical version) 등을 참조하여 텍스트에 정확성을 최대한 기하되, 현대인이 읽기 쉽도록 표기를 다듬었습니다. 또한 낯설거나 어려운 낱말에 대한 풀이를 두어서 작품 감상의 흐름이 끊어지지 않고 작품에 자연스럽게 몰입할 수 있도록 편집하는 데 많은 노력을 기울였습니다.

둘째, 선집에 포함될 작가와 작품을 선정하는 데 고심에 고심을 기울였습니다. 물론 기존 문학 선집들의 경우에도 작가 및 작품 선정에 그 나름의 고심을 기울였을 것입니다. 하지만 문학 선집이라는 것은 시대의 흐름과 독자의 취향, 현대적 문제의식 등을 종합적으로 고려해야 하는 것이어서, 시간이 지나고 세상이 바뀌면 작가 및 작품의 선정 기준과 원칙도 달라질 수밖에 없습니다. 이번 선집은 이러한 점들을 고려하여 작가와 작품을 엄선하되, 오늘을 살아가는 청소년과 일반 성인들이 갖고 있는 문제의식 및 취향에 부합할 수 있도록 노력하였습니다.

셋째, 청소년을 위한 최선의 한국 문학 선집이 될 수 있도록 하였습니다. 오늘날 세상은 디지털 문명으로 매우 빠르게 흘러가고, 우리 청소년들은 입시의 중압감과 온갖 뉴미디어의 홍수 속에서 자칫 마음을 키우고 생각을 넓히는 데 소홀해지기 쉽습니다. 이러한 정보의 홍수와 경쟁의 급류 속에서 문학은 자칫 잃기 쉬운 성찰의 기회를 제공해 줍니다. 시대와 호흡하면서 인간의 삶이 제기하는 다양한 문제를 다채롭게 형상화한 작품을 읽으며, 그 작품 속에 그려진 세상과 인물에 공감하면서 때로는 충격을 받고, 때로는 고민에 휩싸이며, 그 속에서 새로운 자아를 발견하는 과정을 통해 청소년들이 깊은 생각과 넓은 마음을 키울 수 있을 것이라 확신합니다. 작품별로 자세한 해설을 달고 그 해설에서 문학 교육의 핵심 내용을 비중 있게 다룬 것 또한 청소년 독자를 위한 배려에서 비롯된 것입니다.

　문학 선집을 엮는 일은 두렵고도 설레는 일입니다. 감히 작가와 작품을 고른다는 것도 두려운 일이었거니와, 이 선집을 시대가 요구하는 최고의 선집으로 만들어야겠다는 사명감도 이번 문학 선집을 엮는 과정에서 저희 엮은이들과 편집자들의 어깨를 짓누르는 한편 가슴 벅찬 기대를 품게 만들었습니다. 부디 이 선집으로 많은 이들이 한국 문학의 정수(精髓)를 만끽하길 바랍니다. 그리고 날카로운 질책과 따스한 성원을 아울러 기대합니다.

　끝으로 이 자리를 빌려 물심양면으로 선집의 출간을 뒷받침해 주신 (주)사피엔스21의 권일경 대표 이사님 이하 편집부 직원 모두에게 감사를 드립니다. 또한 이 선집을 위해 작품의 출간을 허락하신 작가들과 저작권을 위임받아 여러 편의를 제공해 준 한국문예학술저작권협회 측에도 감사의 말을 전합니다.

엮은이 대표 _신두원

일러두기

●

1. 수록 작품은 최초 발표본과 작가 생애 최후의 판본, 그리고 가장 최근에 발간된 비판적 판본(critical version) 등을 참조하여 텍스트를 확정했습니다. 참조한 판본은 작품 뒤에 밝혔습니다.
2. 한 작가의 작품 배열은 청소년들의 눈높이와 문학사적인 지명도를 고려하여 그 순서를 정하였습니다.
3. 뜻풀이가 필요하다고 판단되는 낱말과 문장은 본문 아래쪽에 그 풀이를 달았습니다.
4. 표기는 원문에 충실히 따르는 것을 원칙으로 하되, 맞춤법과 띄어쓰기는 최대한 현행 표기법을 따랐습니다. 단, 해당 작가만의 개성이 묻어 있는 말이나 방언, 속어, 고어 등은 최대한 원문대로 살려 놓았습니다.
5. 위의 원칙들은 작가에 따라, 지문과 대화에 따라, 문체에 따라, 문맥에 따라 적용의 정도가 달라질 수 있습니다.

차례

간행사	4
치숙	10
논 이야기	58
레디메이드 인생	110
작가 소개	186

치숙(痴叔)[^*]

작품이 시작해서 끝날 때까지 '나'는 오촌 고모부 아저씨를 줄기차게 욕하고 조롱합니다. 아저씨는 동경 유학을 가서 경제학 공부도 한 나이도 서른세 살이나 먹은 어른이고, '나'는 4년제 보통학교(초등학교)밖에 나오지 못한 스물한 살 젊은이예요. 그런데도 '나'는 아저씨를 어리석고 무능한 사람이라 여기며 거의 사람 취급도 안 하고 있지요. 도대체 어찌 된 일일까요?

[^*]: 치숙(痴叔) 어리석은 아저씨.

우리 아저씨 말이지요? 아따 저 거시키, 한참 당년에 무엇이냐 그놈의 것, 사회주의라더냐 막덕이라더냐, 그걸 하다 징역 살고 나와서 폐병으로 시방 앓고 누웠는 우리 오촌 고모부 그 양반……. 머, 말두 마시오. 대체 사람이 어쩌면 글쎄…… 내 원! 신세 간데없지요.
　　자, 십 년 적공, 대학교까지 공부한 것 풀어먹지도 못했지요.

거시키 거시기. 하려는 말이 얼른 생각나지 않거나 바로 말하기가 거북할 때 쓰는 군소리.
당년(當年) 일이 있는 바로 그해.
막덕 마르크스주의나 그것을 믿는 사람, 행위를 낮추어 부르는 말.
　마르크스주의(Marx主義) 마르크스와 엥겔스가 확립한 혁명적 사회주의 이론. 또는 그에 바탕을 둔 사회 운동. 자본주의 사회에 내재된 생산력과 생산 관계의 모순을 극복하기 위해서는 프롤레타리아 혁명을 통하여 사회주의 사회로 옮아가야 한다고 주장하였다.
　프롤레타리아 무산 계급(無産階級). 자본주의 사회에서, 노동력 이외에는 생산 수단을 가지지 못한 노동자.
시방(時方) 지금.
❖ **신세 간데없지요** 딱한 처지가 비할 데 없지요.
적공(積功) 많은 힘을 들여 애를 씀.
풀어먹다 써먹다.

좋은 청춘 어영부영 다 보냈지요. 신분에는 전과자라는 붉은 도장 찍혔지요. 몸에는 몹쓸 병까지 들었지요.

이 신세를 해 가지골랑은 굴속 같은 오두막집 단간 셋방 구석에서 사시장철 밤이나 낮이나 눈 따악 감고 드러누웠군요.

재산이 어디 집 터전인들 있을 턱이 있나요. 서발막대 내저어야 짚 검불 하나 걸리는 것 없는 철빈인데.

우리 아주머니가, 그래도 그 아주머니가, 어질고 얌전해서 그 알량한 남편 양반 받드느라 삯바느질이야 남의 집 품 빨래야 화장품 장사야 그 칙살스런 벌이를 해다가 겨우겨우 목구멍에 풀칠을 하지요.

어디로 대나 그 양반은 죽는 게 두루 좋은 일인데 죽지도 아니해요.

우리 아주머니가 불쌍해요. 아, 진작 한 나이라도 젊어서 팔

어영부영 뚜렷하거나 적극적인 의지가 없이 되는대로 행동하는 모양.
전과자(前科者) 전에 죄를 지어서 형벌을 받은 일이 있는 사람.
사시장철(四時長-) 봄·여름·가을·겨울의 계절 중 어느 때나 늘.
서발막대 매우 긴 막대를 강조하여 이르는 말.
검불 가느다란 마른 나뭇가지, 마른 풀, 낙엽 따위를 통틀어 이르는 말.
✽ 서발막대 내저어야 짚 검불 하나 걸리는 것 없는 매우 긴 막대를 휘둘러도 아무것도 거치거나 걸릴 것이 없는. '서발막대 거칠 것 없다.'라는 속담에서 나온 말로, 가난한 집안이라 세간이 아무것도 없음을 비유적으로 이른다. 이는 아저씨네 집이 매우 가난함을 표현한 구절이다.
철빈(鐵貧) 더할 수 없이 가난함. 또는 그런 가난.
알량하다 시시하고 보잘것없다.
삯바느질 삯을 받고 하여 주는 바느질.
  삯 일한 데 대한 품값으로 주는 돈이나 물건.
품 삯을 받고 하는 일.
칙살스럽다 하는 짓이나 말 따위가 잘고 더러운 데가 있다.

자를 고치는 게 아니라, 무슨 놈의 우난 후분을 바라고 있다가 끝끝내 그 고생을 하는지.

근 이십 년 소박을 당했지요.

이십 년을 설운 청춘 한숨으로 보내고서 다 늦게야 송장 여대 치게 생긴 그 양반을 그래도 남편이라고 모셔다가는 병 수발들랴, 먹고살랴, 애자진하고 다니는 걸 보면 참말 가엾어요.

그게 무슨 죄다짐이람? 팔자 팔자 하지만 왜 팔자를 고치지를 못하고서 그래요. 우리 죄선 구식 부인네들은 다 문명을 못 하고 깨지를 못해서 그러지.

그 양반이 한시바삐 죽기나 했으면 우리 아주머니는 차라리 신세 편하리다.

심덕 좋겠다 솜씨 얌전하겠다 하니, 어디 가선들 재갸 일신 몸 가누고 편안히 못 지내요?

가만있자, 열여섯 살에 아저씨네 집으로 시집을 갔다니깐,

우나다 유별나다. 두드러지게 다르다.
후분(後分) 사람의 평생을 셋으로 나눈 것의 마지막 부분. 늙은 뒤의 운수나 처지를 이른다.
소박(疏薄) 처나 첩을 인정 없이 모질게 대함.
여대치다 빰치게 뛰어나다. 능가하다. 더 낫다.
수발들다 신변 가까이에서 여러 가지 시중을 들다.
애자진하다 애를 끓이다. 속을 태우며 안달하다.
죄다짐(罪--) 죄에 대한 갚음.
죄선 '조선(朝鮮)'을 경멸하며 비꼬아 하는 말.
문명(文明) 인류가 이룩한 물질적, 기술적, 사회 구조적인 발전.
깨다 생각이나 지혜 따위가 사리를 가릴 수 있게 되다.
심덕(心德) 마음을 쓰는 데서 나타나는 덕.
재갸 자기. 자신.

그게 내가 세 살 적이니 꼬박 열여덟 해로군. 열여덟 해면 이십 년 아니오.

그때 우리 아저씨 양반은 나이 어리기도 했지만, 공부를 한답시고 서울로 동경으로 십여 년이나 돌아다녔고, 조금 자라서 색시 재미를 알 만하니까는 누가 이쁘달까 봐 이혼하자고 아주머니를 친정으로 쫓고는 통히 불고를 하고…….

공부를 다 마치고 오더니만, 그담에는 그놈의 짓에 들입다 발광해 다니면서 명색 학생 출신이라는 딴 여편네를 얻어 살았지요. 그 여편네는 나도 몇 번 보았지만 상판대기라고 별반 출수도 없이 생겼습디다. 그 인물로 남의 첩이야? 일색 소박은 있어도 박색 소박은 없다더니, 사실 소박맞은 우리 아주머니가 그 여편네게다 대면 월등 이뻤다우.

그래 그 뒤에, 그 양반은 필경 붙들려 가서 오 년이나 전중이

통히 도무지.
불고(不顧) 1. 돌아보지 아니함. 2. 돌보지 아니함.
발광하다(發狂--) (낮잡는 뜻으로) 어떤 일에 몰두하거나 어떤 행동을 격하게 하다.
✤ 그놈의 짓에 들입다 발광해 다니면서 '그놈의 짓'은 '사회주의 운동'을 뜻하며, '사회주의 운동에 힘을 쏟고 다니면서'를 낮잡아 표현한 구절이다.
명색(名色) 실속 없이 그럴듯하게 불리는 허울만 좋은 이름.
상판대기(相---) '얼굴'을 속되게 이르는 말.
별반(別般) 따로 별다르게.
추다 다른 사람의 기분을 맞추느라 훌륭하거나 뛰어나다고 말하다.
일색(一色) 뛰어난 미인.
박색(薄色) 아주 못생긴 얼굴.
월등(越等) 수준이 정도 이상으로 뛰어나게.
전중이 징역살이하는 사람을 속되게 이르는 말.

를 살았지요. 그동안에 아주머니는 시집이고 친정이고 모두 폭 망해서 의지가지없이 됐지요.

그러니 어떻게 해요? 자칫하면 굶어 죽을 판인데.

할 수 없이 얻어먹고 살기도 해야 하려니와 또 아저씨 나오는 것도 기다려야 한다고 나를 반연 삼아 서울로 올라왔더군요. 그 게 그러니까 아저씨가 나오던 그 전해로군.

그때 내가 나이는 어려도 두루 납뛴 보람이 있어서 이내 구라다상네 식모로 들어갔지요.

그 무렵에 참 내가 아주머니더러 여러 번 권면을 했지요. 그러지 말고 개가(改嫁)를 가라고. 글쎄 어린 소견에도 보기에 퍽 딱하고 민망합디다.

계제에 마침 또 좋은 자리가 있었고요. 미네상이라고 미쓰코시 앞에서 바나나 다다끼우리를 하는 인데 사람이 퍽 좋아요.

우리 집 다이쇼(주인)도 잘 알고 하는데, 그이가 늘 나더러 죄

의지가지없이(依支----) 의지할 만한 대상이 없이. 또는 다른 방도가 없이.
반연(攀緣) 무엇에 이르기 위한 연줄.
납뛰다 날뛰다.
상 인명에 붙어 경의를 나타내는 일본말. 님. 씨. 군. 양. 선생.
권면(勸勉) 알아듣도록 권하고 격려하여 힘쓰게 함.
개가(改嫁) 결혼하였던 여자가 남편과 사별하거나 이혼하여 다른 남자와 결혼함.
소견(所見) 어떤 일이나 사물을 살펴보고 가지게 되는 생각이나 의견.
계제(階梯) 어떤 일을 할 수 있게 된 형편이나 기회.
미쓰코시 일본 최초의 백화점. 도쿄에 본부를 두고 있으며, 중국, 홍콩, 대만, 미국, 영국 등 여러 국가에서 영업하여 국제적인 백화점 체인을 형성하고 있다. 서울에 있는 신세계 백화점의 효시가 바로 1930년 개점한 미쓰코시 경성점이다.
다다끼우리 (노점 상인이) 좌판을 두드리며 신나게 떠들어 대면서 물건을 싸구려로 파는 일.

선 오감상하고 살았으면 좋겠다고, 중매 서 달라고 그래쌓어요.

돈은 모아 둔 게 없어도 다 벌어먹고 살 만하니까 그런 사람 만나서 살면 아주머니도 신세 편할 게 아니라구요?

그런 걸 글쎄 몇 번 말해도 흉한 소리 말라고 듣질 않는 걸 어떡하나요.

아무튼 그런 것 말고라도 참, 흰말이 아니라 이날 이때까지 내가 그 아주머니 뒤도 많이 보아 주었다우. 또 나도 그럴 만한 은공이 없잖아 있구요.

내가 일곱 살에 부모를 잃었지요. 그러고 나서 의탁할 곳이 없이 됐는데 그때 마침 소박을 맞고 친정살이를 하는 그 아주머니가 나를 데려다가 길러 주었지요.

그때만 해도 그 집이 그다지 군색하게 지내진 않았으니깐요. 아주머니도 아주머니지만 종조할머니며 할아버지도 슬하에 딴 자손이 없어서 나를 퍽 귀애하셨지요.

열두 살까지 그 집에서 자랐군요.

오감상 오카미상. 여주인. 안주인.
흰말 흰소리. 빈말. 실속이 없는 헛된 말. 터무니없이 자랑으로 떠벌리며 허풍을 떠는 말.
뒤 어떤 일을 할 수 있게 이바지하거나 도와주는 힘.
은공(恩功) 은혜와 공로를 아울러 이르는 말.
의탁하다(依託--/依托--) 어떤 것에 몸이나 마음을 의지하여 맡기다.
군색하다(窘塞--) 필요한 것이 없거나 모자라서 딱하고 옹색하다.
종조할머니(從祖---) 할아버지의 남자 형제인 종조할아버지의 아내.
슬하(膝下) 무릎의 아래라는 뜻으로, 어버이나 조부모의 보살핌 아래. 주로 부모의 보호를 받는 테두리 안을 이른다.
귀애하다(貴愛--) 귀엽게 여겨 사랑하다.

사 년이나마 보통학교도 다녔고.

아마 모르면 몰라도 그 집안이 그렇게 치패하지만 않았으면 나도 그냥 붙어 있어서 시방쯤은 전문학교까지는 다녔으리다.

이런 은공이 있으니까 나도 그걸 저버리지 않고 그래서 내 깜냥에는 갚을 만치 갚노라고 갚은 셈이지요.

하기야 요새도 간혹 아주머니가 찾아와서 양식 없다는 사정을 더러 하곤 하는데 실토정 말이지 좀 성가시기는 해요.

그러는 족족 그 수응을 하자면 내 일을 못하겠는걸. 그래 대개 잘라 떼기는 하지요.

그렇지만 그 밖에, 가령 양 명절 때면 고기 근이라도 사 보낸다든지, 또 오며 가며 들러 이야기낱이라도 한다든지, 그런 건 결단코 범연히 하진 않으니까요.

아무튼 그래서 아주머니는 꼬박 일 년 동안 구라다상네 집 오마니로 있으면서 월급 오 원씩 받는 걸 그대로 고스란히 저금

치패(致敗) 살림이 아주 결딴남.
전문학교(專門學校) 일제 강점기에, 중등학교 졸업생에게 전문적인 지식이나 기술을 가르치던 학교.
깜냥 스스로 일을 헤아림. 또는 헤아릴 수 있는 능력.
실토정(實吐情) 사정이나 심정을 솔직하게 말함.
수응(酬應) 요구에 응함.
✤ 양 명절 때면 고기 근이라도 사 보낸다든지 설날과 추석 때면 약간의 고기라도 사 보낸다든지.
이야기낱 '이야기'를 하찮게 여기어 이르는 말.
범연히(泛然 -) 차근차근한 맛이 없이 데면데면하게.
 데면데면하다 사람을 대하는 태도가 친밀감이 없이 예사롭다.
오마니 '어머니'의 사투리. 여기에서는 '식모'를 뜻함.

을 하고, 또 틈틈이 삯바느질을 맡아다가 조금씩 벌어 보태고, 또 나올 무렵에 구라다상네 양주가 퍽 기특하다고 돈 칠 원을 상급으로 주고, 그런 게 이럭저럭 돈 백 원이나 존존히 됐지요.

그 돈으로 방 한 간 얻고 살림 나부랭이도 조금 장만하고 그래 놓고서 마침 그 알량꼴량한 서방님이 놓여나오니까 그리로 모서 들였지요.

놓여나는 날 나도 가서 보았지만, 가막소 문 앞에 막 나서자 아주머니가 기다리고 있으니까 그래도 눈물이 핑 돌던데요.

전에 그렇게도 죽을 둥 살 둥 모르고 좋아하던 첩년은 꼴도 안 뵈구요. 남의 첩년이란 건 다 그런 거지요, 뭐.

우리 아저씨 양반은 혹시 그 여편네가 오지 않았나 하고 사방을 휘휘 둘러보던데요. 속이 그렇게 없다니까. 여편네는커녕 아주머니하고 나하고 그 외는 어리친 개새끼 한 마리 없더라.

그래 막 자동차에 올라타려다가 피를 토했지요. 나중에 들었지만 가막소 안에서 달포 전부터 토혈을 했다나 봐요.

양주(兩主) 바깥주인과 안주인이라는 뜻으로, '부부(夫婦)'를 이르는 말.
상급(賞給) 상으로 줌. 또는 그런 돈이나 물건.
존존히 넉넉하게.
나부랭이 어떤 부류의 사람이나 물건을 낮잡아 이르는 말.
알량꼴량하다 몰골이 사납고 보잘것없다.
놓여나오다 잡혔던 곳에서 풀려나오다.
가막소 '감옥(監獄)'의 사투리.
어리치다 문맥상 '얼씬하다'를 뜻함. 조금 큰 것이 눈앞에 잠깐 나타났다 없어지다.
달포 한 달이 조금 넘는 기간.
토혈(吐血) 위나 식도 따위의 질환으로 피를 토함.

그래 다 죽어 가는 반송장˙을 업어 오다시피 해다가 뉘어 놓고, 그날부터 아주머니는 불철주야˙로 할 짓 못할 짓 다 해 가면서 부스대고˙ 납뛴 덕에 병도 차차로 차도˙가 있고, 그러더니 인제는 완구히˙ 살아는 났지요. 뭐 참 시방은 용 꼴인걸요, 용 꼴.✽

 부인네 정성이 무서운 겝디다. 꼬박 삼 년이군. 나 같으면 돌아가신 부모가 살아오신대도 그 짓 못해요.

 자, 그러니 말이지요. 우리 아저씨라는 양반이 작히나˙ 양심이 있고 다 그럴 양이면, 어허, 내가 어서 바삐 몸이 충실해져서 어서 바삐 돈을 벌어다가 저 아내를 편안히 거느리고 이 은공과 전날의 죄를 갚아야 하겠구나…… 이런 맘을 먹어야 할 게 아니라구요?

 아주머니의 은공을 갚자면 발에 흙이 묻을세라 업고 다녀도 참 못다 갚지요.

 그러고저러고 간에 자기도 인제는 속 차려야지요. 하기야 속을 차려서 무얼 하재도 전과자니까 관리나 또 회사 같은 데는 들어가지 못하겠지만, 그야 자기가 저지른 일인 걸 누구를 원망

반송장(半--) 너무 늙거나 병이 들어 죽은 사람이나 다름없는 사람.
불철주야(不撤晝夜) 어떤 일에 몰두하여 조금도 쉴 사이 없이 밤낮을 가리지 아니함.
부스대다 가만히 있지 못하고 군짓을 하며 몸을 자꾸 움직이다.
차도(差度/瘥度) 병이 조금씩 나아가는 정도.
완구히(完久-) 어떤 상태가 완전하여 오래 견딜 수 있게. 또는 오래갈 수 있게.
✽ 용 꼴인걸요, 용 꼴 '과거에 비하면 몰라볼 정도로 건강한 모습'이라는 것을 비아냥거리며 하는 말이다.
작히나 '작히'를 강조하여 이르는 말. '어찌 조금만큼만', '얼마나'의 뜻으로, 희망이나 추측을 나타내는 말. 주로 혼자 느끼거나 묻는 말에 쓰인다.

채만식

할 일도 아니고, 그러니 막 벗어부치고 노동이라도 해야지요.

대학교 출신이 막벌이 노동이란 게 꼴 가관이지만 그래도 할 수 없지, 뭐.

그런 걸 보고 가만히 나를 생각하면, 만약 우리 종조할아버지네 집안이 그렇게 치패를 안 해서 나도 전문학교나 대학교를 졸업을 했으면, 혹시 우리 아저씨 모양이 됐을지도 모를 테니 차라리 공부 많이 않고서 이 길로 들어선 게 다행이다…… 이런 생각이 들어요.

사실 우리 아저씨 양반은 대학교까지 졸업하고도 인제는 기껏 해 먹을 거란 막벌이 노동밖에 없는데, 보통학교 사 년 겨우 다니고서도 시방 앞길이 환히 트인 내게다 대면 고쓰카이만도 못하지요.

아, 그런데 글쎄 막벌이 노동을 하고 어쩌고 하기는커녕 조금 바스스 살아날 만하니까 이 주책꾸러기 양반이 무슨 맘보를 먹는고 하니, 내 참 기가 막혀!

아니, 그놈의 것하고는 무슨 대천지원수가 졌단 말인지, 어

가관(可觀) 꼴이 볼만하다는 뜻으로, 남의 언행이나 어떤 상태를 비웃는 뜻으로 이르는 말.
고쓰카이 '사환'의 일본어. 관청이나 회사, 가게 따위에서 잔심부름을 시키기 위하여 고용한 사람.
바스스 눕거나 앉았다가 조용히 가볍게 일어나는 모양.
주책꾸러기 주책바가지. 주책없는 사람을 놀림조로 이르는 말.
맘보 '마음보'의 준말. 마음을 쓰는 속 바탕.
✿ **그놈의 것** 앞서 나왔던 '그놈의 짓'과 마찬가지로 '사회주의 운동'을 뜻함.
대천지원수(戴天之怨讎) 불공대천(不共戴天). 하늘을 함께 이지 못한다는 뜻으로, 이 세상에서 같이 살 수 없을 만큼 큰 원한을 가짐을 비유적으로 이르는 말.

치숙(痴叔)

쨌다고 그걸 끝끝내 하지 못해서 그 발광인고?

 그러나마 그게 밥이 생기는 노릇이란 말인지? 명예를 얻는 노릇이란 말인지. 필경은 붙잡혀 가서 징역 사는 놀음?

 아마 그놈의 것이 아편하고 꼭 같은가 봐요. 그렇길래 한번 맛을 들이면 끊지를 못하지요? 그렇지만 실상 알고 보면 그게 그다지 재미가 난다거나 맛이 있다거나 그런 것도 아니더군그래요. 불한당패던데요. 하릴없이 불한당팹니다.

 저, 서양 어디선가, 일하기 싫어하는 게으름뱅이 몇 놈이 양지쪽에 모여 앉아서 놀고먹을 궁리를 했더라나요. 우리 집 다이쇼가 다 자상하게 이야기를 해 줍디다.

 게, 그 녀석들이 서로 구누를 하기를, 자 이 세상에는 부자가 있고 가난한 사람이 있고 하니 그건 도무지 공평한 일이 아니다. 사람이란 건 이목구비하며 사지육신을 꼭 같이 타고났는데, 누구는 부자로 잘살고 누구는 가난하다니 그게 될 말이냐. 그러니 부자가 가진 것을 우리 가난한 사람들하고 다 같이 고르게

아편(阿片/鴉片) 덜 익은 양귀비 열매에 상처를 내어 흘러나온 진(津)을 굳혀 말린, 고무 모양의 흑갈색 물질. 진통제·진경제·마취제·지사제 따위로 쓰이는데, 습관성이 강한 중독을 일으키므로 약용 이외의 사용을 법으로 금하고 있다.
불한당패(不汗黨牌) 떼를 지어 돌아다니며 재물을 마구 빼앗는 사람들의 무리. 남 괴롭히는 것을 일삼는 파렴치한 사람들의 무리.
하릴없이 달리 어떻게 할 도리가 없이.
자상하다(仔詳--) 찬찬하고 자세하다.
✽ 구누를 하기를 못마땅하여 혼자 군소리하기를.
이목구비(耳目口鼻) 귀·눈·입·코를 아울러 이르는 말.
사지육신(四肢肉身) 두 팔과 두 다리를 가진 육체.

노나 먹어야 경우가 옳다.

야, 그거 옳은 말이다. 야, 그 말 좋다. 자, 노나 먹자.

아, 이렇게 설도를 해 가지고 우 하니 들고 일어났다는군요.

아니, 그러니 그게 생날불한당 놈의 짓이 아니구 무어요?

사람이란 것은 제가끔 분지복이 있어서 기수를 잘 타고나든지 부지런하면 부자가 되는 법이요, 복록을 못 타고나든지 게으른 놈은 가난하게 사는 법이요, 다 이렇게 마련인데, 그거야말로 공평한 천리인 것을, 됩다 불공평하다니 될 말이오? 그러고서 억지로 남의 것을 뺏어 먹자고 들다니 그놈들이 불한당이지 무어요.

짓이 불한당 짓일 뿐 아니라, 또 만약에 그러기로 들면 게으른 놈은 점점 더 게으름만 부리고 쫓아다니면서 부자 사람네가 가진 것만 뺏어 먹을 테니 이 세상은 통으로 도적놈의 판이 될 게 아니오? 그나마 부자 사람네가 모아 둔 걸 다 뺏기고 더는 못 먹여 내는 날이면 그때는 이 세상 망하는 날이 아니오?

노나 '나눠'의 사투리.
설도(說道) 도리를 설명함.
생날(生-) '생(生)'은 '억지스러운' 또는 '공연한'을, '날'은 '지독한'을 뜻하는 말로, '생날'은 '억지스럽고 지독한'이라는 뜻임.
분지복(分之福) 분복(分福). 각자 타고난 복.
기수(氣數) 저절로 오고 가고 한다는 길흉화복의 운수.
복록(福祿) 타고난 복과 벼슬아치의 녹봉이라는 뜻으로, 복되고 영화로운 삶을 이르는 말.
　녹봉(祿俸) 벼슬아치에게 일 년 또는 계절 단위로 나누어 주던 금품을 통틀어 이르는 말.
천리(天理) 천지 자연의 이치. 또는 하늘의 바른 도리.
됩다 '도리어'의 사투리.

치숙(痴叔)　23

저마다 남이 농사지어 놓으면 그걸 뺏어 먹으려고 일 않고 번둥번둥˚ 놀 것이고, 남이 옷감 짜 노면 그걸 뺏어다가 입으려고 번둥번둥 놀 것이고 그럴 테니 대체 곡식이며 옷감이며 그런 것이 다 어디서 나올 데가 있어야지요. 세상 망할밖에!

글쎄 그놈의 짓이 그렇게 세상 망쳐 놀 장본˚인 줄은 모르고서 가난한 놈들, 그중에도 일하기 싫은 게으름뱅이들이 위선˚ 당장 부자 사람네 것을 뺏어 먹는다니까 거기 혹해˚ 가지골랑 너도나도 와 하니 참섭˚을 했다는구려.

바로 저 아라사가 그랬대요.✽

그래서 아니나 다를까 농군들이 곡식을 안 만들기 때문에 사람이 수만 명씩 굶어 죽는다는구려. 빠안한 이치지 뭐.

위선 먹기는 곶감이 달다✽고 그 지랄들을 했다가 잘코사니야˚!

아 그런데, 그 못된 놈의 풍습이 삽시간에 동서양 각국 안 간 데 없이 퍼져 가지골랑 한동안 내지˚에도 마구 굉장히 드세게 돌

번둥번둥 아무 일도 하지 않고 자꾸 뻔뻔스럽게 놀기만 하는 모양.
장본(張本) 어떤 일이 크게 벌어지는 근원.
위선(爲先) 우선(于先). 먼저.
혹하다(惑--) 홀딱 반하거나 빠져서 정신을 못 차리다.
참섭(參涉) 어떤 일에 끼어들어 간섭함.
✽ 바로 저 아라사가 그랬대요 '아라사(俄羅斯)'는 러시아를 뜻하며, 러시아가 무산 계급이 일으킨 혁명으로 사회주의가 되었다는 것을 의미한다.
✽ 위선 먹기는 곶감이 달다 '곶감 꼬치에서 곶감 빼[뽑아] 먹듯'에서 나온 말로, 애써 알뜰히 모아 둔 재산을 조금씩 조금씩 헐어 써 없앰을 비유적으로 이른다.
잘코사니 주로 미운 사람이 불행을 당한 경우에 하는 말로, 미운 사람의 불행을 고소하게 여길 때에 내는 감탄사이다.
내지(內地) 외국이나 식민지에서 본국을 이르는 말. 여기에서는 '일본'을 가리킴.

아다녔고, 내지가 그러니까 멋도 모르는 죄선 영감상들도 덩달아서 그 흉내를 냈다나요.

그렇지만 시방은 그새 나라에서 엄하게 밝히고 금하고 한 덕에 많이 누꿈해졌고 그런 마음먹는 사람은 별반 없다나 봐요.

그럴 게지 글쎄. 아 해서 좋을 양이면야 나라에선들 왜 금하며 무슨 원수가 졌다고 붙잡아다가 징역을 살리나요.

좋고 유익한 것이면 나라에서 도리어 장려하고 잘할라치면 상급도 주고 그러잖아요.

활동사진이며 스모며 만자이며 또 왓쇼왓쇼랄지 세이레이 낭아시랄지 라디오 체조랄지 그런 건 다 유익한 일이니까 나라에서 설도도 하고 그러잖아요.

나라라는 게 무언데? 그런 걸 다 잘 분간해서 이럴 건 이러고 저럴 건 저러라고 지시하고, 그 덕에 백성들은 제각기 제 분수대로 편안히 살도록 애써 주는 게 나라 아니오?

그놈의 것 사회주의만 하더라도 나라에서 금하질 않고 저희가 하는 대로 두어 두었어 보아? 시방쯤 세상이 무엇이 됐을지…….

영감상 나이 든 남자를 뜻하는 '영감'에 일본말 '상'을 붙인 것. '죠선'과 마찬가지로 조선인을 경멸하며 비꼬아 부르는 말.
누꿈하다 전염병이나 해충 따위의 퍼지는 기세가 매우 심하다가 조금 누그러져 약해지다.
활동사진(活動寫眞) '영화(映畵)'의 옛 용어. 움직이는 사진이라는 뜻으로, 무성(無聲) 영화와 같은 초기 영화를 오늘날의 영화에 상대하여 이르는 말로도 쓰인다.
스모 일본의 전통적인 씨름.
만자이 '만담(漫談)'의 일본어. 두 사람이 익살스럽게 주고받는 재담.
왓쇼왓쇼 왓쇼이왓쇼이. '영차영차'의 일본어. 여기에서는 일본의 전통 축제를 가리킴.
세이레이 낭아시 7월 보름에 제물을 강이나 바다에 띄우는 일본의 불교 행사.

다른 사람들도 낭패 본 사람이 많았겠지만 위선 나만 하더라도 글쎄 어쩔 뻔했어! 아무 일도 다 틀리고 뒤죽박죽이지.

내 이상과 계획은 이렇거든요.

우리 집 다이쇼가 나를 자별히 귀애하고 신용을 하니깐 인제 한 십 년만 더 있으면 한밑천 들여서 따로 장사를 시켜 줄 그런 눈치거든요.

그러거들랑 그것을 언덕 삼아 가지고 나는 삼십 년 동안 예순 살 환갑까지만 장사를 해서 꼭 십만 원을 모을 작정이지요. 십만 원이면 죄선 부자로 쳐도 천석꾼이니, 뭐 떵떵거리고 살게 아니라구요?

그리고 우리 다이쇼도 한 말이 있고 하니까 나는 내지인 규수한테로 장가를 들래요. 다이쇼가 다 알아서 얌전한 자리를 골라 중매까지 서 준다고 그랬어요. 내지 여자가 참 좋지요.

나는 죄선 여자는 거저 주어도 싫어요.

구식 여자는 얌전은 해도 무식해서 내지인하고 교제하는 데 안되고, 신식 여자는 식자나 들었다는 게 건방져서 못쓰고, 도무지 그래서 죄선 여자는 신식이고 구식이고 다 제바리여요.

낭패(狼狽) 계획한 일이 실패로 돌아가거나 기대에 어긋나 매우 딱하게 됨.
자별히(自別-) 남보다 특별한 친분으로.
언덕 보살펴 주고 이끌어 주는 믿음성 있는 대상을 비유적으로 이르는 말.
천석꾼(千石) 곡식 천 석을 거두어들일 만큼 땅과 재산을 많이 가진 부자를 비유적으로 이르는 말.
규수(閨秀) 남의 집 처녀를 정중하게 이르는 말.
식자(識字) 글이나 글자를 앎. 또는 그런 지식.
제바리 막일꾼들이 자기의 불만을 나타낼 때 하는 말.

내지 여자가 참 좋지 뭐. 인물이 개개 일자로 이쁘겠다 얌전하겠다 상냥하겠다, 지식이 있어도 건방지지 않겠다, 좀이나 좋아!

그리고 내지 여자한테 장가만 드는 게 아니라 성명도 내지인 성명으로 갈고 집도 내지인 집에서 살고 옷도 내지 옷을 입고 밥도 내지 식으로 먹고 아이들도 내지인 이름을 지어서 내지인 학교에 보내고…….

내지인 학교라야지 죄선 학교는 너절해서 아이들 버려 놓기나 꼭 알맞지요.

그리고 나도 죄선말은 싹 걷어치우고 국어만 쓰고요.

이렇게 다 생활 법식부터도 내지인처럼 해야만 돈도 내지인처럼 잘 모으게 되거든요.

내 이상이며 계획은 이래서 그 십만 원짜리 큰 부자가 바로 내다뵈고, 그리로 난 길이 환하게 트이고 해서 나는 시방 열심으로 길을 가고 있는데, 글쎄 그 미쳐살미 든 놈들이 세상 망쳐 버릴 사회주의를 하려 드니 내가 소름이 끼칠 게 아니라구요? 말만 들어도 끔찍하지!

✤ 개개 일자로 '개개(箇箇)'는 '낱낱, 즉 여럿 가운데의 하나하나'란 뜻으로, 이 구절은 '하나하나가 한결같이'라는 의미이다.
너절하다 1. 허름하고 지저분하다. 2. 하찮고 시시하다.
국어(國語) 여기에서는 '일본어'를 가리킴.
법식(法式) 법도(法度)와 양식(樣式)을 아울러 이르는 말. 방식(方式).
✤ 미쳐살미 든 놈들이 '미쳐살미'는 '미쳐삶, 즉 미친 상태로 사는 일'을 뜻하는 것으로, 이 구절은 '미친놈들이' 정도의 의미로 볼 수 있다.

세상이 망해서 뒤집히면 그래 나는 어쩌란 말인구? 아무것도 다 허사가 될 테니 그런 억울할 데가 있더람?

 머 참, 우리 집 다이쇼 말이 일일이 지당해요.

 여느 절도나 강도나 사기나 그런 죄는 도적이면 도적을 해 가는 그 당장, 그 돈만 축을 내니까 오히려 죄가 가볍지만, 그놈의 것 사회주의인지 지랄인지는 온 세상을 뒤죽박죽을 만들어 놓고 나라를 통째로 소란하게 하니까 도저히 용서할 수가 없대요.

 용서라니! 나 같으면 그런 놈들은 모조리 쓸어다가 마구 그저 그냥…….

 그런 일을 생각하면, 털어놓고 말이지 우리 아저씬가 그 양반도 여간 불측스러 뵈질 않아요. 사실 아주머니만 아니면 내가 무슨 천주학이라고 나쁜 병까지 앓는 그 양반을 찾아다니나요. 죽는대도 코도 안 풀어 붙일걸.

 그러나마 전자의 죄상을 다 회개를 하고 못된 마음을 씻어

지당하다(至當--) 이치에 맞고 지극히 당연하다.
불측스럽다(不測---) 1. 미루어 헤아릴 수 없는 데가 있다. 2. 생각이나 행동 따위가 괘씸하고 엉큼한 데가 있다.
천주학(天主學) 가톨릭교가 우리나라에 처음 들어오던 무렵에 이르던 말.
✿ **내가 무슨 천주학이라고** 우리나라에 가톨릭교가 처음 들어오던 무렵 신자들이 목숨을 걸고 가톨릭교를 지켜 냈던 것에 빗대어, '나'에게는 병든 아저씨가 그렇게 소중한 존재가 아니라는 것을 비웃듯이 하는 말이다.
✿ **코도 안 풀어** '코 풀 정도의 가치도 없다', 즉 아무 관심도 두지 않을 것이라는 뜻이다.
전자(前者) 지난번.
죄상(罪狀) 범죄의 구체적인 사실.
회개(悔改) 잘못을 뉘우치고 고침.

버렸을 새 말이지, 머 헌 개꼬리 삼 년이라더냐, 종시 그 모양일걸요.

그러니깐 그게 밉살머리스러워서 더러 들렀다가 혹시 마주 앉아도 위정 뼈끝 저린 소리나 내쏘아 주고 말을 따잡아 가지 골랑 꼼짝 못하게시리 몰아세 주곤 하지요.

저번에도 한번 혼을 단단히 내주었지요. 아, 그랬더니 아주 머니더러 한다는 소리가, 그 녀석 사람 버렸더라고, 아무짝에도 못쓰게 길이 들었더라고 그러더라나요.

내 원, 그 소리를 듣고 하도 어처구니가 없어서!

대체 사람도 유만부동이지 그 아저씨가 나더러 사람 버렸느니 아무짝에도 못쓰게 길이 들었느니 하더라니, 원 입이 몇 개나 되면 그런 소리가 나오는 구멍도 있누?

죄선 벙어리가 다 말을 해도 나 같으면 할 말 없겠더구먼서도, 하면 다 말인 줄 아나 봐?

❋ 헌 개꼬리 삼 년 '개 꼬리 삼 년 두어도 황모(족제비의 꼬리털) 되지 않는다.'라는 속담에서 나온 말로, 본바탕이 좋지 아니한 것은 어떻게 하여도 그 본질이 좋아지지 아니함을 비유적으로 이른다. 여기에서는 사회주의에 대한 아저씨의 태도가 변하지 않음을 부정적으로 보는 '나'의 마음을 드러내는 표현이다.
종시(終是) 끝내.
밉살머리스럽다 '밉살스럽다'를 속되게 이르는 말.
위정 '일부러'의 사투리.
따잡다 따져서 엄하게 다잡다.
몰아세다 몰아세우다. 잘잘못을 가리지도 않고 마구 다그치거나 나무라다.
유만부동(類萬不同) 1. 정도에 넘침. 또는 분수에 맞지 아니함. 2. 비슷한 것이 많으나 서로 같지는 아니함.

이를테면 그게 명색 훈계 비슷한 거렷다? 내게다가 맞대 놓고 그런 소리를 하다가는 되잡혀서 혼이 날 테니까 슬며시 아주 머니더러 이르란 요량이던 게지?

기가 막혀서…… 하느님이 사람의 콧구멍 두 개로 마련하기 참 다행이야.

글쎄 아무려면 내가 재갸처럼 다 공부는 못하고 남의 집 고조〔小僧〕 노릇으로, 반또〔番頭〕 노릇으로 이렇게 굴러먹을 값에 이래 보여도 표창을 두 번이나 받은 모범 점원이요, 남들이 똑똑하고 재주 있고 얌전하다고 칭찬이 놀랍고, 앞길이 환히 트인 유망한 청년인데, 그래 재갸 눈에는 내가 버린 놈이고 아무짝에도 못쓰게 길이 든 놈으로 보였단 말이지?

하하 오옳지! 거참 그렇겠군. 재갸는 재갸 하는 짓이 옳으니까 남이 하는 짓은 다 글렀단 말이렷다?

그러니까 나도 재갸처럼 그놈의 것 사회주의원지 급살 맞을 것인지나 하다가 징역이나 살고 전과자나 되고 폐병이나 앓고 다 그랬더라면 사람 버리지도 않고 아무짝에도 못쓰게 길든 놈도 아니고 그럴 뻔했군그래!

훈계(訓戒) 타일러서 잘못이 없도록 주의를 줌. 또는 그런 말.
요량(料量) 앞일을 잘 헤아려 생각함. 또는 그런 생각.
고조〔小僧〕 '나이 어린 남자 점원'의 일본어.
반또〔番頭〕 '(상점 등의) 고용인의 우두머리. 지배인. (주인을 대신하여) 실권을 쥐고 있는 사람'의 일본어.
급살(急煞) 갑자기 닥쳐오는 재앙으로 인한 불운.

흥! 참……. 제 밑 구린 줄 모르고서 남더러 어쩌고저쩌고 한다는 게, 꼭 우리 아저씨 그 양반을 두고 이른 말인가 봐.

그날도 실상 이랬더라우. 혼을 내주었더니 아주머니더러 그런 소리를 하더란 그날 말이오.

그날이 마침 내가 쉬는 날이길래 아주머니더러 할 이야기도 있고 해서 아침결에 좀 들렀더니, 아주머니는 남의 혼인집으로 바느질을 해 주러 갔다고 없고, 아저씨 양반만 여전히 아랫목에 가서 드러누웠어요. 그런데 보니깐, 어디서 모두 뒤져냈는지 머리맡에다가 헌 언문 잡지를 수북이 싸 놓고는 그걸 뒤져요.

그래 나도 심심 삼아 한 권 집어 들고 떠들어 보았더니, 머 읽을 맛이 나야지요. 대체 죠선 사람들은 잡지 하나를 해도 어찌 모두 그 꼬락서니로 해 놓는지.

사진도 없지요, 망가도 없지요. 그러고는 맨판 까달스런 한문 글자로다가 처박아 놓으니 그걸 누구더러 보란 말인고?

더구나 우리 같은 놈은 언문도 그런대로 뜯어보기는 보아도 읽기에 여간만 폐롭지가 않아요. 그러니 어려운 언문하고 까다

✤ **밑 구린 줄** 뒤(가) 구린 줄. 숨겨 둔 약점이나 잘못이 있는 줄.
언문(諺文) 상말을 적는 문자라는 뜻으로, 한글을 속되게 이르던 말.
심심 문맥상 '심심풀이'를 뜻함.
꼬락서니 '꼴'을 낮잡아 이르는 말.
망가 '만화'의 일본어.
맨판 만판. 다른 것이 없이 온통 한가지로.
까달스럽다 '까탈스럽다', 즉 '까다롭다'는 의미임.
폐롭다(弊--) 성가시고 귀찮다.

로운 한문하고를 섞어서 쓴 글은 뜻을 몰라 못 보지요. 언문으로만 쓴 것은 소설 나부랭인데 읽기가 힘이 들 뿐 아니라 또 죠선 사람이 쓴 소설이란 건 재미가 있어야죠. 나는 죠선 신문이나 죠선 잡지하고는 담쌓고 남 된 지 오랜걸요.

잡지야 뭐 「낑구」나 「쇼넹구라부」 덮어 먹을 잡지가 있나요. 참 좋아요. 한문 글자마다 가나를 달아 놓았으니 어떤 대문을 척 펴 들어도 술술 내리 읽고 뜻을 횅하니 알 수가 있지요.

그리고 어떤 대문을 읽어도 유익한 교훈이나 재미나는 소설이지요.

소설 참 재미있어요. 그중에도 기꾸지 깡 소설! ······어쩌면 그렇게도 아기자기하고도 달콤하고도 재미가 있는지. 그리고 요시까와 에이찌, 그의 소설은 진쩐바라바라 하는 지다이모논데 마구 어깻바람이 나구요.

소설이 모두 그렇게 재미가 있지요. 망가가 많지요. 사진이

낑구 '킹(King)'의 일본식 발음으로, 일제 강점기 때의 잡지 이름.
쇼넹구라부 「소년구락부(少年俱樂部)」라는, 청소년을 대상으로 하는 일본의 월간 종합 잡지 이름.
덮다 기세, 능력 따위에서 앞서거나 누르다.
가나 한자의 일부를 빌려 그 음훈(音訓)을 이용해서 만들어 낸 일본의 고유 문자.
대문(大文) 대목.
횅하다 막힌 데 없이 다 잘 알아 환하다.
기꾸지 깡 일본의 유명 대중 문학 작가(1888~1948).
요시까와 에이찌 일본의 소설가·번역가(1892~1962). 시대물 작가이면서, 특히 〈삼국지〉 번역의 권위자.
진쩐바라바라 쨘쨘바라바라. '챙강챙강'의 일본어. 여기에서는 칼싸움을 가리킴.
지다이모노 '시대물'의 일본어.
어깻바람 신이 나서 어깨를 으쓱거리며 활발히 움직이는 기운.

많지요. 그러고도 값은 좀 헐하나요. 십오 전이면 바로 그 전달 치를 사 볼 수 있고 보고 나서는 오 전에 도로 파는데요.

잡지도 기왕 하려거든 그렇게나 해야지, 죄선 사람들은 제엔장 큰소리는 곧잘 하더구먼서도 잡지 하나 반반한 거 못 만들어 내니!

그날도 글쎄 잡지가 그 꼴이라 아예 글은 볼 멋도 없고 해서 혹시 망가나 사진이라도 있을까 하고 책장을 후르르 넘기느라니깐 마침 아저씨 이름이 있겠나요! 하도 신통해서 쓰윽 펴 들고 보았더니 제목이 첫 줄은 경제…… 무엇 어쩌구 쇠눈깔씩만 한 글자를 박아 놓고 그 옆에다가는 사회…… 무엇 어쩌구 잔주를 달아 놨겠지요.

그것만 보아도 벌써 그럴듯해요. 경제는 아저씨가 대학교에서 경제를 배웠다니까 경제 속은 잘 알 것이고, 또 사회는 그것 역시 사회주의를 했으니까 그 속도 잘 알 것이고, 그러니까 경제하고 사회주의하고 어떻게 서로 관계가 되는 것이며 어느 편이 옳다는 것이며 그런 소리를 썼을 게 분명해요.

머, 보나 안 보나 속이야 빠안하지요. 대학교까지 가설랑 경제를 배우고도 돈 모을 생각은 않고서 사회주의만 하고 다닌 양반이라 경제가 그르고 사회주의가 옳다고 우겨 댔을 게니까요.

헐하다(歇--) 값이 싸다.
반반하다 물건 따위가 말끔하여 보기도 괜찮고 쓸 만하다.
잔주(-註) 큰 주석 아래에 더 자세히 단 주석.

아무렇든 아저씨가 쓴 글이라는 게 신기해서 좀 보아 볼 양으로 쓰윽 훑어봤지요. 그러나 웬걸 읽어 먹을 재주가 있나요.

글자는 아주 어려운 자만 아니면 대강 알기는 알겠는데, 붙여 보아야 대체 무슨 뜻인지를 알 수가 있어야지요.

속이 상하길래 읽어 보자던 건 작파하고서 아저씨를 좀 따잡고 몰아셀 양으로 그 대목을 차악 펴 놨지요.

"아저씨?"

"왜 그러니?"

"아저씨가 여기다가 경제 무어라구 쓰구, 또 사회 무어라구 썼는데, 그러면 그게 경제를 하란 뜻이오? 사회주의를 하란 뜻이오?"

"뭐?"

못 알아듣고 뚜릿뚜릿해요. 자기가 쓰고도 오래돼서 다 잊어버렸거나 혹시 내가 말을 너무 까다롭게 내기 때문에 섬뻑 대답이 안 나왔거나 그랬겠지요. 그래 다시 조곤조곤 따졌지요.

"아저씨…… 경제란 것은 돈 모아서 부자 되라는 것 아니오? 그런데 사회주의란 것은 모아 둔 부자 사람의 돈을 뺏어 쓰는 것 아니오?"

작파하다(作破--) 어떤 계획이나 일을 중도에서 그만두어 버리다.
뚜릿뚜릿하다 뚜렷뚜렷하다. 눈을 굴리며 여기저기 살피다.
섬뻑 어떤 일이 행하여진 후 곧바로.
조곤조곤 성질이나 태도가 조금 은근하고 끈덕진 모양.

"이 애가 시방!"

"아니, 들어 보세요."

"너, 그런 경제학, 그런 사회주의 어디서 배웠니?"

"배우나마나, 경제란 건 돈 많이 벌어서 애껴 쓰구 나머지 모아 두는 게 경제 아니오?"

"그건 보통, 경제한다는 뜻으루 쓰는 경제고, 경제학이니 경제적이니 하는 건 또 다르다."

"다를 게 무어요? 경제는 돈 모으는 것이고 그러니까 경제학이면 돈 모으는 학문이지요?"

"아니란다. 혹시 이재학(理財學)이라면 돈 모으는 학문이라고 해도 근리할지 모르지만 경제학은 그런 게 아니란다."

"아니, 그렇다면 아저씨 대학교 잘못 다녔소. 경제 못하는 경제학 공부를 오 년이나 육 년이나 했으니 그게 무어란 말이오? 아저씨가 대학교까지 다니면서 경제 공부를 하구두 왜 돈을 못 모으나 했더니, 인제 보니깐 공부를 잘못해서 그랬군요!"

"공부를 잘못했다? 허허, 그랬을는지도 모르겠다. 옳다, 네 말이 옳아!"

경제하다(經濟--) 돈이나 시간, 노력을 적게 들이다.
이재학(理財學) 재정학(財政學). 나라를 다스리는 데에 필요한 자금의 조달·관리·운용 따위에 대하여 연구하는 학문.
근리하다(近理--) 이치에 거의 맞다.

이거 봐요 글쎄. 단박 꼼짝 못하잖아. 암만 대학교를 다니고, 속에는 육조를 배포했어도* 그렇다니깐 글쎄…….

"아저씨?"

"왜 그러니?"

"그러면 아저씨는 대학교를 다니면서 돈 모아 부자 되는 경제 공부를 한 게 아니라 모아 둔 부자 사람네 돈 뺏어 쓰는 사회주의 공부를 했으니 말이지요……."

"너는 사회주의가 무얼루 알구서 그러냐?"

"내가 그까짓 걸 몰라요?"

한바탕 주욱 설명을 했지요.

내 얼굴만 물끄러미 올려다보고 누웠더니 피식 한 번 웃어요. 그러고는 그 양반이 하는 소리겠다요.

"그게 사회주의냐? 불한당이지."

"아니, 그럼 아저씨두 사회주의가 불한당인 줄은 아시는구려?"

"내가 언제 사회주의가 불한당이랬니?"

"방금 그러잖었어요?"

"글쎄, 그건 사회주의가 아니라 불한당이란 그 말이다."

 육조(六曹) 고려·조선 시대에, 국가의 정무(政務)를 나누어 맡아보던 여섯 관부(官府). 이조, 호조, 예조, 병조, 형조, 공조를 이른다.
 배포(排布/排鋪) 배치(排置). 일정한 차례나 간격에 따라 벌여 놓음.
✤ 육조를 배포했어도 문맥상 '다방면으로 경험이 풍부해서 몹시 박식해도'를 뜻함.

"거 보시우! 사회주의란 것은 그렇게 날불한당이어요. 아저씨두 그렇다구 하면서 아니래시오?"
"이 애가 시방 입심 겨룸을 하재나!"
이거 봐요. 또 꼼짝 못하지요? 다 이래요 글쎄…….
"아저씨?"
"왜 그러니?"
"아저씨두 맘 달리 잡수시오."
"건 어떻게 하는 말이냐?"
"걱정 안 되시우?"
"날 같은 사람이 걱정이 무슨 걱정이냐? 나는 네가 걱정이더라."
"나는 머 버젓하게 요량이 있는걸요."
"어떻게?"
"이만저만한가요!"
또 한바탕 주욱 설명을 했지요. 이야기를 다 듣더니 그 양반 한다는 소리 좀 보아요.
"너두 딱한 사람이다!"
"왜요?"
"……."
"아니, 어째서 딱하다구 그러시우?"

입심 기운차게 거침없이 말하는 힘.

"……."

"네? 아저씨?"

"……."

"아저씨?"

"왜 그래?"

"내가 딱하다구 그러셨지요?"

"아니다. 나 혼자 한 말이다."

"그래두……."

"이 애?"

"네?"

"사람이란 것은 누구를 물론허구 말이다. 아첨하는 것같이 더러운 게 없느니라."

"아첨이요?"

"저, 위로는 제왕, 밑으로는 걸인, 그 모든 사람이 위선 시방 이 제도의 이 세상에서 말이다, 제가끔 제 분수대루 살어가는 데 있어서 말이다, 제 개성을 속여 가면서꺼정 생활에다가 아첨하는 것같이 더러운 것이 없고, 그런 사람같이 가련한 사람은 없느니라. 사람이란 건 밥 두 그릇이 하필 밥 한 그릇보다 더 배가 부른 건 아니니까."

"그건 무슨 뜻인데요?"

꺼정 '까지'의 사투리.

"네가 일본인 여자와 결혼을 해서 성명까지 갈고 모든 생활 법도를 일본화하겠다는 것이 말이다."

"네, 그게 좋잖어요?"

"그것이 말이다, 진실로 깊은 교양이나 어진 지혜의 판단에서 우러나온 것이라면 그도 모를 노릇이겠지. 그렇지만 나는 보매 네가 그런다는 것은 다른 뜻으로 그러는 것 같다."

"다른 뜻이라니요?"

"네 주인의 비위를 맞추고 이웃의 비위를 맞추고 하자고……."

"그야 물론이지요! 다이쇼의 신용을 받어야 하고, 이웃 내지 인들하구도 좋게 지내야지요. 그래야 할 게 아니겠어요?"

"……."

"아저씨는 아직두 세상 물정을 모르시오. 나이는 나보담 많구 대학교 공부까지 했어도 일찌감치 고생살이를 한 나만큼 세상 물정은 모릅니다. 시방이 어느 세상인데 그러시우?"

"이 애?"

"네?"

"네가 방금 세상 물정이랬지?"

"네."

보매 겉으로 보기에. 또는 짐작으로 보기에.
물정(物情) 세상의 이러저러한 실정이나 형편.

"앞길이 환하니 틔었다구 그랬지?"

"네."

"환갑까지 십만 원 모은다고 그랬지?"

"네."

"네가 말하는 세상 물정하구 내가 말하려는 세상 물정하구 내용이 다르기도 하지만, 세상 물정이란 건 그야말로 그리 만만한 게 아니다."

"네?"

"사람이란 것 제아무리 날구 뛰어도 이 세상에 형적* 없이 그러나 세차게 주욱 흘러가는 힘, 그게 말하자면 세상 물정이겠는데, 결국 그것의 지배하에서 그것을 따라가지 별수가 없는 거다."

"네?"

"쉽게 말하면 계획이나 기회를 아무리 억지루 만들어 놓아도 결과가 뜻대루는 안 된단 말이다."

"젠장. 아저씨두…… 요전 「낑구」라는 잡지에두 보니까, 나폴레옹이라는 서양 영웅이 그랬답디다. 기회는 제가 만든다구. 그리고 불가능이란 말은 바보의 사전에서나 찾을 글자라구요. 아 자꾸자꾸 계획하구 기회를 만들구 해서 분투 노력해 나가면 이 세상일 안 되는 일이 어디 있나요? 한 번 실패하거

형적(形跡/形迹) 사물의 형상과 자취를 아울러 이르는 말. 또는 남은 흔적.

든 갑절 용기를 내 가지구 다시 일어서지요. 칠전팔기˙ 모르시오?"

"나폴레옹도 세상 물정에 순응할 때는 성공했어도 그것에 거슬리다가 실패를 했더란다. 너는 칠전팔기해서 성공한 몇 사람만 보았지, 여덟 번 일어섰다가 아홉 번째 가서 영영 쓰러지구는 다시 일지 못한 숱한 사람이 있는 건 모르는구나?"

"그래두 인제 두구 보시우. 나는 천하 없어두 성공하구 말 테니…… 아저씨는 그래서 더구나 못써요? 일해 보기두 전에 안 될 줄로 낙심˙ 먼저 하구……."

"하늘은 꼭 올라가 보구래야만 높은 줄 아니?"

원 마지막 가서는 할 소리가 없으니깐 동˙에도 닿지 않는 비유를 가져다 둘러대는 걸 보아요. 그게 어디 당한 말인구? 안 올라가 보면 뭐 하늘 높은 줄 모를 천하 멍텅구리도 있을까?

그만해 두려다가 심심하길래 또 말을 시켰지요.

"아저씨?"

"왜 그래?"

"아저씨는 인제 몸 다아 충실해지면 어떡허실려우?"

"무얼?"

칠전팔기(七顚八起) 일곱 번 넘어지고 여덟 번 일어난다는 뜻으로, 여러 번 실패하여도 굴하지 아니하고 꾸준히 노력함을 이르는 말.
낙심(落心) 바라던 일이 이루어지지 아니하여 마음이 상함.
동 사물과 사물을 잇는 마디. 또는 사물의 조리(條理).
  조리 말이나 글 또는 일이나 행동에서 앞뒤가 들어맞고 체계가 서는 갈피.

"장차……."

"장차?"

"어떡허실 작정이세요?"

"작정이 새삼스럽게 무슨 작정이냐?"

"그럼 아저씨는 아무 작정 없이 살어가시우?"

"없기는?"

"있어요?"

"있잖구?"

"무언데요?"

"그새 지내 오던 대루……."

"그러면 저 거시키 무엇이냐, 도루 또 그걸……?"

"그렇겠지."

"아저씨?"

"……."

"아저씨?"

"왜 그래?"

"인젠 그만두시우."

"그만두라구?"

"네."

"누가 심심소일루 그러는 줄 아느냐?"

심심소일(--淸日) 심심풀이로 어떤 일을 하며 시간을 보냄. 또는 그런 일.

"그렇잖구요?"

"……."

"아저씨?"

"……."

"아저씨?"

"왜 그래?"

"아저씨 올에 몇이지요?"

"서른셋."

"그러니 인제는 그만큼 해 두고 맘 잡어서 집안일 할 나이두 아니오?"

"집안일은 해서 무얼 하나?"

"그렇기루 들면 그 짓은 해서 또 무얼 하나요?"

"무얼 하려구 하는 게 아니란다."

"그럼, 아무 희망이나 목적이 없으면서 그래요?"

"목적? 희망?"

"네."

"개인의 목적이나 희망은 문제가 다르니까…… 문제가 안 되니까……."

"원, 그런 법도 있나요?"

"법?"

올 '올해'의 준말.

"그럼요!"

"법이라……!"

"아저씨?"

"……."

"아저씨?"

"왜 그래?"

"아주머니가 고맙잖습디까?"

"고맙지."

"불쌍하지요?"

"불쌍? 그렇지. 불쌍하다면 불쌍한 사람이지!"

"그런 줄은 아시느만?"

"알지."

"알면서 그러시우?"

"고생을 낙으로, 그 쓰라린 맛을 씹고 씹고 하면서 그것에서 단맛을 알어내는 사람도 있느니라. 사람도 있는 게 아니라 사람마다 무슨 일에고 진정과 정신을 꼬박 거기다가만 쓰면 그렇게 되는 법이니라. 그러니까 그쯤 되면 그때는 고생이 낙이지. 너이 아주머니만 두고 보더래도 고생이 고생이면서 고생이 아니고 고생하는 게 낙이란다."

"그렇다고 아저씨는 그걸 다행히만 여기시우?"

"아니."

"그러거들랑 아저씨두 아주머니한테 그 은공을 더러는 갚어야 옳을 게 아니오?"

"글쎄, 은공을 모르는 건 아니지만……."

"그러니 인제 병이나 확실히 다아 나신 뒤엘라컨……."

"바뻐서 원……."

글쎄 이 한다는 소리 좀 보지요? 시치미 뚜욱 따고 누워서 바쁘다는군요!

사람 속 차릴 여망 없어요. 그저 어디로 대나 손톱만치도 쓸모는 없고 남한데 사폐만 끼치고, 세상에 해독만 끼칠 사람이니, 머 하루바삐 죽어야 해요. 죽어야 하고, 또 죽어서 마땅해요. 그런데 글쎄 죽지를 않고 꼼지락꼼지락 도로 살아나니 성화라고는, 내…….

■「동아일보」(1938. 3); 『잘난 사람들』(민중서관, 1948)

따다 떼다. 여기에서의 '시치미 떼다'는 '자기가 하고도 하지 아니한 체하거나 알고 있으면서도 모르는 체하다'의 뜻이다.
여망(餘望) 아직 남은 희망. 앞으로의 희망.
사폐(事弊) 일의 폐단.
해독(害毒) 좋고 바른 것을 망치거나 손해를 끼침. 또는 그 손해.
성화(成火) 1. 몹시 귀찮게 구는 일. 2. 일 따위가 뜻대로 되지 아니하여 답답하고 애가 탐. 또는 그런 증세.

●등장인물 들여다보기

나

'나'는 보통학교를 졸업한 스물한 살의 청년으로, 완전한 일본인이 되어 출세할 꿈을 꾸고 있는 철저히 이기적이고 실리적인 인물입니다.

일곱 살 때 부모를 잃고 고아가 되어 오촌 고모 댁에서 열두 살까지 살았는데, 이 댁에 살면서 보통학교도 졸업하여 나름의 생활 기반을 잡았습니다. 그래서 아주머니(고모)에게 늘 고마움을 느끼고, 아주머니가 생활의 어려움에 처해 있을 때에는 한 일본인 집에 식모 자리를 소개하기도 했고, 오며 가며 말벗도 되어 주었지요.

한편 '나'는 아주머니에게 고마움과 더불어 불쌍함도 느끼는데, 그것은 아주머니의 남편인 아저씨(고모부)가 못됐기 때문이에요. 아저씨는 십여 년 간 서울과 동경에서 유학 생활을 했지만, 흉악한 사회주의 운동을 한답시고 착하디 착한 아주머니를 내팽개치고는 첩까지 두었지요. 또 오 년이나 감옥살이를 하고 폐병 환자가 되어 풀려난 뒤에도, 온갖 고생을 하며 자신을 뒷바라지하다 이제는 자신의 병 수발까지 하는 아주머니에게 보답을 하기는커녕, 아직도 그 '생날불한당' 같은 사회주의 운동에 대한 미련을 못 버리고 있어요. '나'는 이런 아저씨가 너무나 못마땅합니다. 또한 일본인 장사꾼에게 개가하라는 자신의 충고는 들을 생각도 하지 않을뿐더러 아저씨를 일편단심으로 떠받드는 아주머니 역시 답답하게 여깁니다.

'나'가 아저씨를 한심하게 생각하는 것은 '나'의 인생관이 아저씨의 그것과 아주 다르기 때문이에요. '나'는 보통학교 졸업 후 여러 해 동안 일본인 상점의 점원으로 일하면서 능력을 인정받아 지금은 관리자 격인 지배인이 되었지요. '나'의 인생 목표는 일본인 주인에게 더 잘 보여 독립된 상점을 갖고, 열심히 일하여 십만 원을 모으는 것이에요. 그러기 위해 '나'는 일본인 아내를 얻으려 하고, 조선말도 버리고 국어(일본어)만을 쓰겠다고 생각하지요. 또한 소설과 잡지 같은 것도 일본 것만이 유익하고 재미있다고 여겨요. '나'는 일제 치하의 현실에 잘 순응하는 인물입니다.

아저씨(치숙)

우선 '아저씨'에 대해 살펴보기 전에 한 가지 확실히 알아야 할 게 있습니다. 작품에 나타난 아저씨의 모습은 대부분 '나'의 눈을 통해서만 전달된다는 사실이지요. 아저씨를 부정적으로 보는 '나'의 설명이 대부분이니 작품을 있는 그대로만 읽는다면 인물에 대한 평가를 객관적으로 내릴 수 없겠죠? 자, 그런 점을 감안하고 아저씨에 대해 살펴볼까요?

아저씨는 동경 유학(경제학 전공)까지 다녀온 지식인으로, 현재 서른세 살입니다. 사회주의 운동을 하다가 오 년 동안 감옥살이를 하여 신분에는 전과자라는 붉은 도장이 찍혔고, 몸에는 폐병을 얻어 지금은 병치레를 하며 아무 일도 못하고 있는 무능력한 인물이지요. 하지만 여전히 사회주의를 이념적인 꿈으로 지니고 있는 이상주의자이기도 합니다.

십여 년 간 서울과 동경을 돌아다니며 공부를 했다고 하는 것으로 보아 꽤 넉넉한 집안 출신인 것으로 생각됩니다. 또한 작품의 앞부분을 보면 아주머니가 열여섯 살에 시집 와서 열여덟 해가 지났다고 했으므로, 열다섯 살에 한 살 연상의 여인과 혼인한 셈이네요. 그런데 부인에게는 처음부터 애정을 못 느낀 것 같습니다. '명색 학생 출신이라는 딴 여편네'를 얻었고, 오 년 감옥살이를 마치고 나와서도 그 첩을 찾았다고 했으니까요.

어쨌거나 아저씨는 병치레를 하고 있고 부인의 벌이에 의존해 살아가고 있으며, 현재까지도 사회주의에 대한 이념을 굳게 지니고 있어 '나'에게 조롱과 비난의 대상이 되는 인물입니다.

● 작품 Q&A

"선생님, 궁금해요!"

Q 이 작품의 배경에 대해 설명해 주세요.

A 작품 안에서는 시대적 배경을 짐작할 만한 별다른 언급이 없습니다. 따라서 이 작품은 작품이 발표되던 당시의 이야기를 하고

있다고 볼 수 있습니다. 즉, 시간적으로는 이 작품이 발표된 1938년과 거의 차이가 없는 동시대를 배경으로 하고 있는 거지요.

공간적 배경을 짐작할 수 있는 대목은 여러 군데 제시되고 있는데, 가장 결정적인 근거는 '나'가 하는 다음 말입니다. "미네상이라고 미쓰코시 앞에서 바나나 다다끼우리를 하는 인데 사람이 퍽 좋아요." '미쓰코시'는 일제 강점기의 백화점으로 현재 서울 충무로에 있는 신세계 백화점 본점 자리에 있었으므로, 이 작품의 등장인물들은 서울, 즉 당시 경성에서 살고 있는 거네요. 따라서 이 작품은 1930년대 후반의 서울을 배경으로 한 이야기입니다.

시대적 배경에 대해서는 조금 더 구체적으로 알아보기로 해요. 이 작품에서 '나'가 하는 말만 곧이곧대로 듣는다면, 당시 서울 사람 또는 조선 사람들 모두가 여러 가지 취미 활동을 하고 일도 신나게 열심히 하면서 평화롭고 행복한 시대를 살고 있는 것 같은 착각을 할 수 있어요. 그러나 '나'가 하는 말을 찬찬히 살펴보면서 당시의 상황을 자세히 알아보면, 당시 상황이 '나'의 말과는 전혀 달랐음을 확인할 수 있습니다.

우선 당시를 이해하는 데 가장 중요한 사건이 바로 1937년부터 시작된 중일 전쟁입니다. 1910년에 조선을 강제로 병합한 일본 제국주의는 1931년 9월 18일에 이른바 '만주 사변(滿洲事變)'이라는 침략 전쟁을 일으켜 중국의 동북 지방을 '만주국'이라는 이름의 식민지로 만들었습니다. 또 1937년 7월 7일에는 베이징 교외의 루거우차오(蘆溝橋)에서 중국군이 일본군을 공격했다는 거짓 구실을 만들어 중국 대륙 전체를 점령하고자 하는 전쟁(중일 전쟁)을 일으

컸습니다. 일본 제국주의는 이 엄청난 전쟁을 수행하기 위해 식민지 조선에 대한 통제와 탄압의 정도를 더욱 높였습니다. 사회주의 운동을 하던 '아저씨' 같은 지식인을 감옥에 잡아들여 오 년씩이나 붙잡아 둔 것이 바로 이와 연관되어 있습니다. 이 작품에서 '나'가 "시방은 그새 나라에서 엄하게 밝히고 금하고 한 덕에 많이 누꿈해졌고 그런 마음먹는 사람은 별반 없다나 봐요."라고 말하는 것이 바로 이런 상황입니다.

또한 '나'는 '활동사진', '스모', '만자이', '왓쇼왓쇼', '세이레이 낭아시', '라디오 체조'처럼 일본 제국주의가 권장하는 것은 모두 좋은 것이라고 말하고 있는데, 이를 통해서도 당시 시대 상황을 짐작할 수 있습니다. 일본 제국주의는 '스모', '왓쇼왓쇼', '세이레이 낭아시' 같은 일본의 대중적인 민속 행사를 장려하여, 식민지 조선 사람들을 일본에 충성하는 완전한 일본인으로 만들려고 했습니다. 그리고 '활동사진(영화)'을 많이 보게 했는데, 여기에서 말하는 활동사진은 사실 주로 일제의 침략 전쟁을 미화해서 선전하는 홍보 영화입니다. 그럼 '라디오 체조'는 일제의 침략 전쟁과 무슨 상관이 있을까요? 겉으로 내세운 명분은 국민들의 건강을 증진하기 위한 것이라 했지만, 사실은 국민 모두를 일정한 시간에 똑같은 음악에 맞춰 똑같은 동작을 반복해 훈련시킴으로써, 국민들로 하여금 일본 제국주의가 명령하는 일(전쟁)에 똑같이 동참해야 한다는 의식을 무의식 중에 갖도록 하고자 하는 의도였습니다. 이처럼 이 작품은 1937년에 시작되어 본격화되고 있던 중일 전쟁을 시대적 배경으로 하고 있는 것입니다.

Q 이 작품에서 '나'는 시종일관 아저씨에 대해 나쁘게 이야기하고 있는데요, 작품을 읽어 보면 작가가 '나'와 같은 생각을 하는 것 같지는 않습니다. 어떻게 이해해야 할까요?

A 이 작품은 뒷부분에서의 '나'와 아저씨 사이의 직접 대화 부분을 제외하면 모두 '나'의 말로 되어 있습니다. 거의 모든 내용을 '나'의 말을 통해 알 수 있고, 사실에 대한 가치 평가나 판단도 '나'의 것입니다. '어리석은 아저씨'란 뜻의 제목인 '치숙' 역시 '나'가 아저씨를 어떻게 보고 있는지를 표현한 것이고요. 그렇지만 이것이 곧바로 작가의 생각이 아니라는 것을, 아이러니하지만 '나'의 말이나 생각을 통해 독자는 알 수가 있습니다. (소설은 작가의 상상력에 바탕을 두고 허구적으로 이야기를 꾸며 낸 것이기 때문에 소설 속의 '나'는 어떤 경우에도 작가와 동일한 인물이 아니랍니다. 작가가 아무리 자전적인 내용을 소설로 썼다고 하더라도 작가와 '나'를 동일시해서는 안 되지요. 특히 이 작품에서 '나'는 작가가 만들어 낸 허구의 인물이므로 '나'의 생각과 작가의 생각이 같다고 볼 수는 없습니다.)

왜냐하면 '나'가 일방적으로 아저씨를 비난하면서 자기 자랑과 인생의 포부를 늘어놓을수록, 오히려 '나'의 생각이 지닌 문제점이 더욱더 뚜렷이 드러나고, '나'가 아저씨를 그렇게 욕하고 경멸해도 되는지에 대한 의문이 들기 때문입니다. 이것이 바로 반어법(反語法)의 효과입니다. 작가는 '나'로 하여금 자신과 반대되는 생각을 말하게 하여 그 생각이 얼마나 잘못된 것인지를 독자들이 깨달을 수 있도록 함으로써 자신의 생각을 간접적으로 전달하는 거지요. 우리는 상대방을 욕하고 싶거나 경멸할 때 "너 정말 나쁜 놈이야."

라는 식으로 직접적으로 표현하기보다는, 이를테면 "잘났어, 정말."과 같이 반어적으로 표현하는 것이 효과가 훨씬 더 크다는 것을 알고 있습니다. 이 작품은 채만식 풍자 소설의 대표적인 작품 중 하나로, '나'의 말을 통해 아저씨를 비판하여 묘사하지만 궁극적으로 풍자되는 대상은 바로 '나'인 것입니다.

Q '풍자'가 무엇인가요? 많이 들어 본 말인데, 정확하게 알고 싶습니다.

A 채만식은 한국의 대표적인 풍자 작가로 알려져 있어요. 이번 기회에 풍자가 무엇인지, 채만식의 풍자 소설이 어떤 의미를 지니는지 확실히 알고 넘어가도록 해요. 먼저 풍자의 의미부터 살펴봅시다. 풍자(諷刺)의 한자 뜻을 풀어 보면 이 말의 의미를 이해하는 데 도움이 됩니다. '풍(諷)'이란 '슬며시 돌려서 말함'이라는 뜻이고, '자(刺)'는 '찌른다', 즉 '공격한다', '비판한다'라는 뜻입니다. 그렇다면 '풍자'의 뜻은 '슬며시 돌려 말해서 비판한다'가 되겠지요.

그럼 왜 정면에서 대놓고 비판하지 않고 슬며시 돌려서 비판하는 걸까요? 여기에는 두 가지 이유가 있습니다. 하나는, 대놓고 비판하고 싶어도 그럴 수 없는 상황이기 때문입니다. 권력을 가진 자들의 탄압 때문에 어쩔 수 없이 풍자를 이용하여 소극적으로라도 현실을 비판하기 위함이지요. 또 하나는, 대놓고 비판하는 것보다 슬며시 돌려서 비판하는 것이 그 효과가 더 크기 때문이기도 합니다. 이것은 풍자의 적극적인 의미라 할 수 있습니다. 채만식이 풍자 소설을 쓴 것도 아마 이 두 가지 이유 때문일 것입니다. 우선, 채만식이 활동한 일제 강점기에는 대놓고 현실을 비판하는 것이 불가능했습니다. 일제 체제에 비판적인 글은 엄격한 검열을 통해 아예 발표도 할 수가 없었지요. 이런 상황 속에서 부정적인 사회 현실을 비판하는 아주 효과적인 방법 가운데 하나가 바로 풍자였던 거예요.

나아가 채만식은 풍자의 적극적인 효과, 즉 어떤 대상이나 부정적인 현실을 비판할 때 마음속 생각을 정면에서 있는 그대로 말하는 것보다 오히려 슬며시 돌려서 말하는 쪽이 더욱더 효과적이라는 사실도 잘 알고 있었던 거지요. 이 작품에서도 '나'가 아저씨를 제멋대로 경멸하고 비판하면서도 온갖 자기 자랑과 인생 포부를 늘어놓게 함으로써, 작가는 오히려 '나'의 어리석음과 이기심을 풍자하고, 이를 통해 일본 제국주의의 식민 통치 방식을 간접적으로 훌륭하게 비판하고 있는 것이랍니다.

Q 그렇지만 '나'라는 인물을 어떻게 보아야 할지 헷갈립니다. 친일파 같기도 하지만, 한편으로는 아주 부지런히 사는 청년인 것 같기도 하거든요.

A 날카로운 지적이고 의문이에요. '나'는 요즘 식으로 말하면 분명히 친일파의 전형이라고 볼 수 있어요. 같은 민족을 '죠선' 사람이라며 업신여기고, 조선 여자는 모두 싫고 일본 여자만 좋다고 하고, 조선말은 없애고 일본말만 써야 한다고 주장하기도 하지요. 또한 잡지나 소설도 일본 것만 재미있다고 하고, (그런데 '나'가 좋아한다는 잡지나 소설, 그리고 망가(만화)는 모두 좋게 말해서 대중적인 것이지만 건전한 감성과 비판적 지성을 길러 주는 것들이 아닙니다.) '활동사

진', '스모', '만자이', '왓쇼왓쇼', '세이레이 낭아시', '라디오 체조'처럼 일제 당국에서 권장하는 것은 아무 생각 없이 무조건 좋은 것이라고 말합니다. (앞에서 설명했듯이, 여기에서 열거하고 있는 것들은 바로 일본 제국주의가 식민지 조선을 비롯한 일본 국민 전체를 자기들 뜻대로 통치하기 위해 문화적으로 활용한 수단들입니다.)

그런데 다른 한편으로 보면, '나'는 일곱 살 어린 나이에 고아가 되어 친척 집에서 자랐고, 학교 교육도 보통학교까지밖에 못 받았는데도, 열심히 일해서 일본인 상점 주인의 인정을 받아 관리자 직책까지 올랐고, 지금도 부지런히 일하면서 큰 부자가 되어 '잘살게' 되는 날을 꿈꾸고 있습니다. 이런 점에서 '나'가 꼭 부정적인 인물인가 하는 의문이 들기도 합니다. 그러나 여기에는 문제가 있습니다. 우선 '나'가 아무리 부지런히 일하면서 살았다 해도 과연 상점 주인인 일본인에게 잘 보이려고 수단과 방법을 가리지 않고 애쓰지 않았다면 지금만큼 성공할 수 있었을까요? 거꾸로 말해 '나'처럼 완전히 일본인이 되려고 하지 않는 사람들은 '나'만큼 성공할 수 없었다는 말입니다. 또 한 가지 문제는 '나'의 취미와 인생 목표(십만 원을 모으는 것)에서 알 수 있듯이, 그의 가치관이 철저히 물질주의적이고 황금 만능주의적이라는 점입니다. 이런 점에서 볼 때, 작가는 어찌 보면 매우 평범한 '나' 같은 사람의 부지런함조차 일제 강점하에서는 잘못된 방향으로 쓰일 수밖에 없었던 현실을 보여주고자 했다고 할 수 있습니다.

요컨대 '나'는 당시 지배 집단, 즉 일본 제국주의가 내세우는 논리에 따라서 '부지런히' 사는 사람입니다. '나'가 사는 방식은 곧 일본 제국주의가 요구하고 원하는 대로 '열심히' 사는 것이고, 그렇게 함으로써 자신의 물질적 이익을 이기적으로 추구하는 것이며, 그러한 자신의 행동이 다른 사람들, 특히 고통받으며 살고 있는 같은 조선 사람들에게 어떤 피해를 주는지는 전혀 돌아보지 않는 것입니다. 이런 '나'를 보아도 알 수 있듯이, '부지런히' 사는 것이 무조건 '좋은 것'은 아닙니다. 어떤 가치관을 갖고 어떻게 부지런히 사느냐가 중요한 것이지요.

Q 이 작품은 채만식의 대표적인 이야기체 소설 가운데 하나라고 하는데, 이야기체는 어떤 특징과 장점이 있나요?

A 1인칭 소설이건 3인칭 소설이건 일반적으로 소설의 문체는 '-다'로 끝나는 문장으로 되어 있습니다. 이러한 일반적인 소설의 문체는 독자로 하여금 소설 속 세계와 일정한 거리를 두게 하죠. 우리는 '각자' 자기가 있는 시공간에서 소설을 읽으며, 자기 나름의 느낌을 갖고 사고를 하게 됩니다.

그런데 이 작품에서는 '나'라는 인물이 곧바로 독자 '들'에게 '이야기'를 '건네고' 있습니다. 작품의 이러한 이야기식 문체는 독자 한 사람 한 사람이 각자 고립되어 혼자서 소설을 읽는 것이 아니라, 서술자인 '나'가 들려주는 작품의 시공간 속에 함께 들어가 있는 느낌을 갖게 합니다. 작품 속 시공간에 동참한다는 느낌이 더 강해지는 거지요. 이것을 달리 말하자면, 다른 일반적인 소설이 '읽는' 소설이라면, 이야기체 소설은 '듣는' 소설이기 때문에 나타나는 효과라고도 할 수 있어요.

여러분도 비슷한 경험이 있는지 모르겠는데, 여러 해 전에 저는 어느 라디오 심야 방송에서 아주 목소리 좋은 성우가 〈치숙〉을 재미난 옛날이야기처럼 읽어 주는 것을 들은 적이 있었습니다. 이때 저는 작품을 눈으로 읽었을 때와 전혀 다른, 생생한 느낌을 받았었지요. 이야기체 소설은 이렇게 들려주기에 적합할 뿐만 아니라, 그것을 단지 눈으로 읽더라도 마치 듣고 있는 것과 비슷한 효과를 냅니다. 또한 이야기체 소설은 판소리에서 창을 하는 사람이 들려주는 사설(辭說 : 말이나 이야기)을 관객들이 함께 듣는 것과 같은 효과를 냅니다.

실제로 채만식은 판소리 사설 형식을 소설의 문체로 활용하려고 이야기체 소설을 쓴 것이고, 이러한 이야기체를 소설에서 솜씨 좋게 활용했기 때문에 작품의 재미도 더할 수 있었던 것입니다.

❊ 더 읽어 봅시다 ❊

민중에 대한 지식인의 따뜻한 시선이 드러난 작품
이태준, 〈달밤〉 _못났고 아둔하지만 착하고 낙천적이기도 한 황수건이라는 밑바닥 민중의 고단한 인생살이 모습을, '나'라는 지식인이 따뜻하고 동정 어린 시선으로 관찰하면서 묘사하고 있다.

전통적인 것이 사라지는 시대 현실에 대한 지식인의 고뇌를 그린 작품
이태준, 〈패강랭〉 _지식인인 '현'이 오랜만에 평양에 찾아왔으나 전통적인 것이 사라져 가고, 세태·인심이 부정적으로 변화되어 가는 모습을 보면서 느끼는 비애를 그리고 있다.

논 이야기

1945년 8월 15일. 우리나라가 마침내 해방되었을 때, 일본인들이 토지와 그 밖의 온갖 재산을 그대로 두고 쫓겨 가자 한덕문 영감은 우쭐해합니다. 그러면서도 마을 사람들이 독립만세를 외치는 자리에는 참석하지 않습니다. 그리고 결국에 가서는, "독립됐다구 했을 제 내 만세 안 부르기 잘했지."라고 말합니다. 도대체 그에게 어떤 사연이 있는 걸까요?

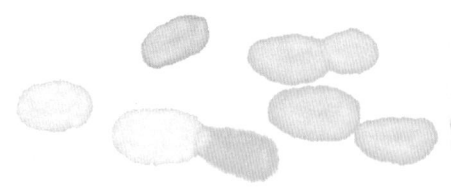

1

일인(日人)들이 토지와 그 밖의 온갖 재산을 죄다 그대로 내어 놓고, 보따리 하나에 몸만 쫓기어 가게 되었다는 이야기를 듣는 한 생원은 어깨가 우쭐하였다.

"거 보슈 송 생원. 인전들, 내 생각 나시지?"

한 생원은 허연 탑삭부리에 묻힌 쪼글쪼글한 얼굴이 위아래 다섯 대밖에 안 남은 누런 이빨과 함께 흐물흐물 웃는다.

"그러면 그렇지, 글쎄 놈들이 제아무리 영악하기로소니 논에

죄다 남김없이 모조리.
생원(生員) 예전에, 나이 많은 선비를 대접하여 이르던 말.
인전들 이제는 모두. '인전'은 '인제(이제)'의 사투리. '들'은 '사람들'이나 '너희들'처럼 명사나 대명사뿐만 아니라, '어서들'이나 '좋아들'처럼 일부 부사나 용언의 활용형에도 붙어 동작의 주체가 복수(둘 이상)임을 나타내기도 한다.
탑삭부리 '탑삭나룻', 즉 짧고 촘촘하게 많은 수염이 난 사람을 놀림조로 이르는 말.
영악하다(靈惡--) 이해가 밝으며 약다.

다 네 귀탱이 말뚝 박구섬 인도깨비처럼, 어여차어여차, 땅을 떠 가지구 갈 재주야 있을 이치가 있나요?"

한 생원은 참으로 일본이 항복을 하였고, 조선은 독립이 되었다는 그날―팔월 십오일 적보다도 신이 나는 소식이었다. 자기가 한 말(예언)이 꿈결같이도 이렇게 와 들어맞다니……. 그리고 자기가 한 말대로, 자기가 일인에게 팔아넘긴 땅이 꿈결같이도 도로 자기의 것이 되게 되었다니……. 이런 세상에 신기하고 희한할 도리라고는 없었다.

조선이 독립이 되었다는 팔월 십오일, 그때는 한 생원은 섬뻑 만세를 부르고 싶은 생각이 나지 않았어도, 이번에는 저절로 만세 소리가 나와지려고 하였다.

팔월 십오일 적에 마을에서는 젊은 사람들이 설도를 하여 태극기를 만들고, 닭을 추렴하고, 술을 사고 하여 놓고 조촐히 만세를 불렀다.

한 생원은 그 자리에 참예를 하지 아니하였다. 남들이 가서 같이 만세를 부르자고 하였으나 한 생원은 조선이 독립이 되었다

귀탱이 '귀퉁이'의 사투리. 물건의 모퉁이나 뾰죽 나온 부분.
인도깨비(人---) 사람 모양을 한 도깨비. 도깨비 같은 사람을 낮잡아 이르는 말.
섬뻑 어떤 일이 행하여진 후 곧바로.
설도(說道) 도리를 설명함.
추렴하다 모임이나 놀이 또는 잔치 따위의 비용으로 여럿이 각각 얼마씩의 돈을 내어 거두다.
조촐히 호젓하고 단출하게.
참예 참여(參與). 어떤 일에 끼어들어 관계함.

는 것이 별양 반가운 줄을 모르겠었다. 그저 덤덤할 뿐이었었다.

  물론 일본이 항복을 하였으니 전쟁은 끝이 난 것이요, 전쟁이 끝이 났으니 벼 공출을 비롯하여 솔뿌리 공출이야, 마초 공출이야, 채소 공출이야, 가지가지의 그 억울하고 성가신 공출이 없어지고 말 것이었다.

  또, 열여덟 살배기 손자놈 용길이가 징용에 뽑혀 나갈 염려가 없을 터이었다. 얼마나 한 생원은 일찍이 애비를 여의고, 늙은 손으로 여태껏 길러 온 외톨 손자놈 용길이가 징용에 뽑히지 말게 하려고, 구장과 면의 노무계 직원과, 부락 담당 직원에게 굽은 허리를 굽실거리며 건사를 물고* 하였던고. 굶는 끼니를 더 굶어 가면서 그들에게 쌀을 보내어 주기, 그들이 마을에 얼찐하면 부랴부랴 청해다 씨암탉 잡고 술대접하기, 한참 농사일이 몰릴 때라도 내 농사는 손이 늦어도 용길이를 시켜 그들의 논에 모심고 김매어 주고 하기. 이 노릇에 흰머리가 도로 검어

별양(別樣) 별반(別般). 따로 별다르게.
공출(供出) 국민이 국가의 수요에 따라 농업 생산물이나 자기 소유의 물건 따위를 의무적으로 정부에 내어놓음.
마초(馬草) 말꼴. 말을 먹이기 위한 풀.
성가시다 자꾸 들볶거나 번거롭게 굴어 괴롭고 귀찮다.
징용(徵用) 전시 · 사변 또는 이에 준하는 비상 사태에, 국가의 권력으로 국민을 강제적으로 일정한 업무에 종사시키는 일.
구장(區長) 예전에, 시골 동네의 우두머리를 이르던 말.
부락(部落) 시골에서 여러 민가(民家)가 모여 이룬 마을. 또는 그 마을을 이룬 곳.
건사 제게 딸린 것을 잘 보살피고 돌봄.
✽ **건사를 물고** 문맥상 '잘 봐 달라며 비위를 맞추고'를 뜻함.
얼찐하다 얼찐거리다. 조금 큰 것이 눈앞에 잇따라 빠르게 잠깐씩 나타나다.

질 지경이요 빚[債]은 고패가 넘도록 지고 하였다.

하던 것이 인제는 전쟁이 끝이 났으니, 징용 이자는 싹 씻은 듯 없어질 것. 마음 턱 놓고 두 발 쭉 뻗고 잠을 자도 좋았다.

이런 일을 생각하면 한 생원도 미상불 다행스럽지 아니한 것은 아니었다. 그러나 오직 그뿐이었다.

독립?

신통할 것이 없었다.

독립이 되기로서니, 가난뱅이 농투성이가 별안간 나으리 주사 될 리 만무하였다. 가난뱅이 농투성이가 남의 세토(貰土, 소작) 얻어 비지땀 흘려 가면서 일 년 농사지어 절반도 넘는 도지(소작료) 물고 나머지로 굶으며 먹으며 연명이나 하여 가기는 독립이 되거나 말거나 매양 일반일 터이었다.

고패 고팽이. 어떤 일의 가장 어려운 상황.
✤ 징용 이자(徵用利子) 손자를 징용 보내지 않기 위해서 한 생원이 대신 겪어 했던 일들을 말한다. 즉, '구장과 면의 노무계 직원과 ~ 모심고 김매어 주고 하기'라고 한 부분의 내용이 모두 이에 해당한다.
미상불(未嘗不) 아닌 게 아니라 과연.
농투성이(農---) '농부'를 낮잡아 이르는 말.
주사(主事) 사무를 책임지고 있는 사람. (남자의 성 아래 쓰여) 그를 높여 이르는 말.
만무하다(萬無--) 절대로 없다.
세토(貰土, 소작) '세토(貰土)'는 '세토(稅土)', 즉 '해마다 일정한 양의 벼를 주인에게 세(稅)로 바치고 부치는 논밭'과 마찬가지 말이다. 또 본래 '소작(小作)'은 '농토를 갖지 못한 농민이 일정한 소작료를 지급하며 다른 사람의 농지를 빌려 농사를 짓는 일'인데, 여기에서는 '소작하는 사람이 빌린 논밭'이라는 뜻으로 쓰면서 '세토(貰土)'와 같은 말이라 풀이하고 있다.
연명(延命) 목숨을 겨우 이어 살아감.
✤ 매양 일반일 터이었다 번번이(또는 언제나, 늘) 마찬가지일 것이었다. 독립이 되거나 안 되거나 마찬가지일 것이었다.

공출이야 징용이야 하여서 살기가 더럭 어려워지기는 전쟁이 나면서부터였었다. 전쟁이 나기 전에는 일 년 농사지어 작정한 도지 실수 않고 물면 모자라나따나˙ 아무 시비와 성가심 없이 내 것 삼아 놓고 먹을 수가 있었다.
　징용도 전쟁이 나기 전에는 없던 풍도˙였었다. 마음 놓고 일을 하였고 그것으로써 그만이었지, 달리는 근심 걱정될 것이 없었다.
　전쟁 사품˙에 생겨난 공출이니 징용이니 하는 것이 전쟁이 끝이 남으로써 없어진 다음에야 독립이 되기 전 일본 정치 밑에서도 남의 세토 얻어 도지 물고 나머지나 천신하는˙ 가난뱅이 농투성이에서 벗어날 것이 없을진대, 한갓˙ 전쟁이 끝이 나서 공출과 징용이 없어진 것이 다행일 따름이지, 독립이 되었다고 만세를 부르며 날뛰고 할 흥이 한 생원으로는 나는 것이 없었다.
　일인에게 빼앗겼던 나라를 도로 찾고, 그래서 우리도 다시 나라가 있게 되었다는 이 잔주˙도, 역시 한 생원에게는 시쁘둥한˙

모자라나따나　모자라건 말건.
풍도(風圖)　'풍속도(風俗圖)'의 준말로, 그 시대의 유행과 습관 따위를 보여 주는 모습을 비유적으로 이르는 말.
사품　어떤 동작이나 일이 진행되는 바람이나 겨를.
천신하다(薦新--)　처음으로 또는 오랜만에 차례가 돌아와 얻을 수 있게 되다.
한갓　고작하여야 다른 것 없이 겨우.
잔주(-註)　큰 주석 아래에 더 자세히 단 주석. 여기에서는 '덧붙여진(또는 뒤따라오는) 사실'을 뜻함.
　주석(註釋)　낱말이나 문장의 뜻을 쉽게 풀이함. 또는 그런 글.
시쁘둥하다　마음에 차지 아니하여 아주 시들한 기색이 있다.

논 이야기

것이었다. 한 생원은 나라를 도로 찾는다는 것은, 구한국 시절로 다시 돌아가는 것으로밖에는 달리는 생각할 수가 없었다.

한 생원네는 한 생원의 아버지의 부지런으로 장만한 열서 마지기와 일곱 마지기의 두 자리 논이 있었다. 선대의 유업도 아니요, 공문서(空文書, 무등기) 땅을 거저 주운 것도 아니요, 버젓이 값을 내고 산 것이었다. 하되 그 돈은 체계나 돈놀이(고리대금업)로 모은 돈이 아니요, 품삯 받아 푼푼이 모으고 악의악식하면서 모은 돈이었다. 피와 땀이 어린 땅이었다.

그 피땀 어린 논 두 자리에서, 열서 마지기를 한 생원네는 산 지 겨우 오 년 만에 고을 원(군수)에게 빼앗겨 버렸다.

지금으로부터 오십 년 전, 갑오 을미 병신 하는 병신(丙申)년

구한국(舊韓國) 대한 제국. 1910년 일본 제국주의에 국권을 강탈당하기 전의 우리나라를 의미한다.
열서 열셋. '서' 는 그 수량이 셋임을 나타내는 말.
마지기 논밭 넓이의 단위. 한 마지기는 볍씨 한 말의 모 또는 씨앗을 심을 만한 넓이로, 지방마다 다르나 논은 약 150~300평, 밭은 약 100평 정도이다.
선대(先代) 조상의 세대.
유업(遺業) 선대부터 이어 온 사업.
공문서(空文書, 무등기) 공공 기관이나 단체에서 공식으로 작성한 서류. 여기에서 '등기(登記)'는 '국가 기관이 법정 절차에 따라 등기부에 부동산에 관한 일정한 권리 관계를 적어 놓은 것'을 뜻하므로, '무등기(無登記)'는 등기가 되어 있지 않은 것을 의미한다.
체계(遞計) 장체계(場遞計). 예전에, 장에서 비싼 이자로 돈을 꾸어 주고 장날마다 본전의 일부와 이자를 받아들이던 일.
고리대금업(高利貸金業) 부당하게 비싼 이자를 받는 돈놀이인 고리대금을 직업으로 하는 일.
악의악식하다(惡衣惡食--) 너절하고 조잡한 옷을 입고 맛없는 음식을 먹다.
갑오 을미 병신 하는 '가 보세 가 보세 을미적 을미적 병신 되면 못 가 보리'라는 동학 혁명 때의 노래(민요) 가사에서 따온 말이다. 이 노래는 갑오(甲午)·을미(乙未)·병신(丙申)의 음을 따서 동학 혁명이 3년에 걸칠 것과 결국 실패할 것임을 예언하는 내용으로 되어 있다. 여기에서는 이 노래를 따와서 동학과 연관된 내용을 이야기하고자 함을 넌지시 밝히고 있다.
병신(丙申)년 병신년(丙申年). 1896년.

한 생원의 나이 스물한 살 적이었다.

그 안˙ 해 을미년˙ 늦은 가을에 김아무〔金某〕라는 원이 동학란에 도망 뺀 원 대신으로 새로이 도임˙을 해 와서 동학의 잔당˙을 비질하듯˙ 잡아 죽였다.

피비린내 나는 살육˙이 이듬해 병신년 봄까지 계속되었고, 그리고 여름…… 인제는 다 지났거니 하여 겨우 안도를 한 참인데 한태수(한 생원의 아버지)가 원두막에서 동헌˙으로 붙잡혀 가 옥에 갇히었다. 혐의는 동학에 가담하였다는 것이었다.

한태수는 전혀 동학에 가담한 일이 없었다. 그의 말대로 하면, 동학 근처에도 가 보지 아니한 사람이었다.

옥에 가두어 놓고는 매일 끌어내다 실토˙를 하라고, 동류˙의 성명을 불라고 주리를 틀면서 문초˙를 하였다. 육십이 넘은 늙은 정강이가 살이 으깨어지고 뼈가 아스러졌다.

나중 가서야 어찌 될 값에, 당장의 아픔을 견디다 못하여 동

안 전(前).
을미년(乙未年) 1895년.
도임(到任) 지방의 관리가 근무지에 도착함.
잔당(殘黨) 쳐 없애고 남은 무리. 대부분이 패망하고 조금 남아 있는 무리를 부정적으로 이르는 말.
비질하다 비로 바닥 따위를 쓸다.
살육(殺戮) 사람을 마구 죽임.
동헌(東軒) 지방 관아에서 고을 원(員)이나 감사(監司), 병사(兵使), 수사(水使) 및 그 밖의 수령(守令)들이 공사(公事)를 처리하던 중심 건물.
실토(實吐) 거짓 없이 사실대로 다 말함.
동류(同類) 같은 무리.
주리 죄인의 두 다리를 한데 묶고 다리 사이에 두 개의 주릿대를 끼워 비트는 형벌.
문초(問招) 죄나 잘못을 자세히 따져서 물음.

학에 가담하였노라고 자복을 하였다. 입에서 나오는 대로 아는 사람의 이름을 불렀다.

불린 일곱 사람이 잡혀 들어와 같은 문초를 받았다. 처음에는들 내뻗었으나 원체 아픔을 이기지 못하여 자복을 하였다.

남은 것은 처형을 하는 것뿐이었다.

하루는 이방이, 한태수의 아내와 아들(한 생원)을 불렀다.

이방은 모자더러, 좌우간 살려 낼 도리를 하여야 않느냐고 하였다. 모자는 엎드려 빌면서, 제발 이방님 덕택에 목숨만 살려지이다고 하였다.

"꼭 한 가지 묘책이 있기는 있는데…… 그럼 내가 시키는 대로 할 테냐?"

"불 속이라도 뛰어들어 가겠습니다."

"논문서를 가져오느라. 사또께다 바쳐라."

"논문서를요?"

"아까우냐?"

자복(自服) 저지른 죄를 자백하고 복종함.
처음에는들 처음에는 모두.
내뻗다 기세가 꺾이거나 하지 아니하고 내처 뻗대다.
이방(吏房) 이방 아전(吏房衙前). 조선 시대에, 각 지방 관아의 이방(吏房)에 속하여 인사·비서(秘書) 따위에 관한 일을 맡아보던 구실아치.
  이방(吏房) 조선 시대에, 각 관아에서 인사(관리나 직원의 임용, 해임, 평가 따위와 관계되는 행정적인 일) 실무를 맡아보던 부서.
  구실아치 조선 시대에, 각 관아의 벼슬아치 밑에서 일을 보던 사람.
✽ **목숨만 살려지이다** 목숨만 살려 주십시오.
묘책(妙策) 매우 교묘한 꾀.

"……."

"가장이나 애비의 목숨보다 논이 더 소중하냐?"

"그 땅이 다른 땅과도 달라서……."

"정히 그렇게 아깝거던 고만두는 것이고."

"논문서만 가져다 바치면 정녕 모면을 할까요?"

"아니될 노릇을 시킬까?"

"그럼 이 길로 나가서 가지고 오겠습니다."

"밤에 조용히 내아(內衙, 관사)로 오도록 하여라. 나도 와서 있을 테니. 그리고 네 논이 두 자리가 있겠다?"

"네."

"열서 마지기와 일곱 마지기?"

"네."

"그 열서 마지기를 가지고 오느라."

"열서 마지기를요?"

"아까우냐?"

"……."

"아깝거들랑 고만두려무나."

"그걸 바치고 나면 소인네는 논 겨우 일곱 마지기를 가지고

정히(正-) 진정으로 꼭.
정녕(丁寧/叮嚀) 조금도 틀림없이 꼭. 또는 더 이를 데 없이 정말로.
모면(謀免) 어떤 일이나 책임을 꾀를 써서 벗어남.
내아(內衙, 관사) 조선 시대에, 지방 관아에 있던 안채. 여기에서 '관사(官舍)'는 관청에서 관리에게 빌려 주어 살도록 지은 집.

수다한 권솔에 살아갈 방도가······."

"당장 가장이나 애비의 목숨은 어데로 갔던지?"

"······."

"땅이야 다시 장만도 할 수가 있는 것이 아니냐?"

모자는 서로 돌아보면서 말하였다.

"바칩시다."

"바치자."

사흘 만에 한태수는 놓여나왔다. 다른 일곱 명도 이방이 각기 사이에 들어, 각기 얼마씩의 땅을 바치고 놓여나왔다.

그 뒤 경술(庚戌)년에 일본이 조선을 합방하여 나라는 망하였다. 사람들이 나라 망한 것을 원통히 여길 때 한 생원은

"그깐 놈의 나라, 시언히 잘 망했지."

하였다. 한 생원 같은 사람으로는 나라란 백성에게 고통이지 하나도 고마운 것이 아니었다. 또 꼭 있어야 할 요긴한 것도 아니었다. 그런 나라라는 것을 도로 찾았다고 하여 섬뻑 감격이 일지 아니한 것도 일변 의당한 노릇이라 할 것이었다.

수다하다(數多--) 수효가 많다.
권솔(眷率) 한집에 거느리고 사는 식구.
놓여나오다 잡혔던 곳에서 풀려나오다.
경술(庚戌)년 경술년(庚戌年). 1910년.
합방하다(合邦--) 둘 이상의 나라가 하나로 합쳐지다. 또는 둘 이상의 나라를 합치다.
요긴하다(要緊--) 긴요하다. 꼭 필요하고 중요하다.
일변(一邊) 어느 한편. 또는 한쪽 부분.
의당하다(宜當--) 사물의 이치와 같이 그러하다.

논 스무 마지기에서 열서 마지기를 빼앗기고 나니, 원통한 것도 원통한 것이지만, 앞으로 일이 딱하였다. 논이나 겨우 일곱 마지기를 가지고는 어림도 없었다.

하릴없이˚ 남의 세토를 얻어 그 보충을 하여야 하였다. 그러나 남의 세토는 도지를 물어야 하는 것이라, 힘은 내 논을 지을 때와 마찬가지로 들면서도 가을에 가서 차지를 하기는 절반이 못되는 것이었었다. 그렇지만 그렇다고 남의 세토를 소작 아니 할 수는 없었다. 이리하여 한 생원네는 나라 명색˚이 망하지 않고 내 나라로 있을 적부터 가난한 소작농이었다.

경술년 나라가 망하고 삼십육 년 동안 일본의 다스림 밑에서도 같은 가난한 소작농이었다.

그리고, 속담에 남의 불에 게 잡기로,˚ 남의 덕에 나라를 도로 찾기는 하였다지만 한국˚ 말년의 나라만을 여겨 그 나라가 오죽할˚ 리 없고, 여전히 남의 세토나 지어 먹는 가난한 소작농이기는 일반일 것이라고 한 생원은 생각하던 것이었었다.

일본이 항복을 하던 바로 전의 삼사 년에, 공출이야 징용이야 하면서 별안간 군색함˚과 불안이 생겼던 것이지, 그 밖에는

하릴없이 달리 어떻게 할 도리가 없다.
명색(名色) 실속 없이 그럴 듯하게 불리는 허울만 좋은 이름.
✤ 남의 불에 게 잡기로 남의 덕택으로 거저 이익을 보게 되기로.
한국 여기에서는 '대한 제국'을 가리킴.
오죽하다 정도가 매우 심하거나 대단하다.
군색하다(窘塞--) 필요한 것이 없거나 모자라서 딱하고 옹색하다.

나라가 망하여 없어지고서 일본의 속국 백성으로 사는 것이 경술년 이전 나라가 있어 가지고 조선 백성으로 살 적보다 별양 못할 것이 한 생원에게는 없었다. 여전히 남의 세토를 지어, 절반 이상이나 도지를 물고 그 나머지를 천신하는 가난한 소작인이요, 순사나 일인이나 면 서기들의 교만과 압박이 아전이나 토반들의 교만과 압박보다 못할 것도 없거니와 더할 것도 없었다.

독립이 된 이 앞으로도 그것이 천지개벽이 아닌 이상 가난한 농투성이가 느닷없이 부자 장자 될 이치가 없는 것이요, 원·아전·토반이나 일본놈 대신에 만만하고 가난한 농투성이를 핍박하는 '권세 있는 양반들'이 생겨날 것이요 할 것이매, 빼앗겼던 나라를 도로 찾아 다시금 조선 백성이 되었다는 것이 조금도 신통하거나 반가울 것이 없었다.

원과 토반과 아전이 있어, 토색질이나 하고 붙잡아다 때리기나 하고 교만이나 피우고 하되 세미(稅米, 납세)는 국가의 이름으로 꼬박꼬박이 받아 가면서 백성은 죽어야 모른 체를 하고 하는 나라의 백성으로도 살아 보았다.

천하 오랑캐, 애비와 자식이 맞담배질을 하고, 남매간에 혼

아전(衙前) 조선 시대에, 중앙과 지방의 관아에 속한 구실아치.
토반(土班) 여러 대를 이어서 그 지방에서 붙박이로 사는 양반.
천지개벽(天地開闢) 자연계에서나 사회에서 큰 변혁이 일어남을 비유적으로 이르는 말.
장자(長者) 큰 부자를 점잖게 이르는 말.
토색질(討索-) 돈이나 물건 따위를 억지로 달라고 하는 짓.
세미(稅米) 조세로 바치던 쌀.

인을 하고, 뱀을 먹고 하는 왜인들이, 저희가 주인이랍시고서 교만을 부리고, 순사와 헌병은 칼바람에 조선 사람을 개돼지 대접을 하고, 공출을 내어라 징용을 나가거라 야미를 하지 마라 하면서 볶아 대고, 또 일본이 우리나라다, 나는 일본 백성이다 이런 도무지 그럴 마음이 우러나지를 않는 억지춘향이˙ 노릇을 시키고 하는 나라의 백성으로도 살아 보았다.

결국 그러고 보니 나라라고 하는 것은 내 나라였건 남의 나라였건 있었댔자 백성에게 고통이나 주자는 것이지, 유익하고 고마울 것은 조금도 없는 물건이었다. 따라서 앞으로도 새 나라는 말고 더한 것이라도, 있어서 요긴할 것도 없어서 아쉬울 일도 없을 것이었다.

2

신해(辛亥)년˙…… 경술 합방 바로 이듬해였다. 한 생원은 — 때의 젊은 한덕문은 — 빼앗기고 남은 논 일곱 마지기를 불가불˙

야미 '뒷거래'의 일본어.
억지춘향이(--春香-) 될 듯싶지도 않은 것을 억지로 한다는 뜻. 일을 순리로 이룬 것이 아니라, 억지로 우겨 대어 겨우 이루어진 것을 이르는 말.
신해(辛亥)년 신해년(辛亥年). 1911년.
불가불(不可不) 부득불(不得不). 하지 않을 수 없어. 마음이 내키지 아니하나 마지못하여.

논 이야기

팔아야 할 형편에 이르렀다.

칠팔 명이나 되는 권솔인데, 내 논 일곱 마지기에다 남의 논이나 몇 마지기를 소작하여 가지고는 여간한 규모와 악의악식이 아니고서는 도저히 현상 유지를 하기가 어려웠다.

한덕문은 그 부친과는 달라 살림 규모가 없었다. 사람이 좀 허황하고 헤픈 편이었다.

부친 한태수가 죽고, 대신 당가산(當家産)을 한 지 불과 오륙 년에 한덕문은 힘에 넘치는 빚을 졌다. 이 빚은 단순히 살림에 보태느라고만 진 빚은 아니었다.

한덕문은 허황하고 헤픈 값을 하느라고 술과 노름을 쑬쑬히 좋아하였다. 일 년 농사를 지어야 일 년 가계가 번연히 모자라는데, 거기다 술을 먹고 노름을 하니 늘어 가느니 빚밖에는 있을 것이 없었다.

빚은 갚아야 되었다.

팔 것이라고는 논 일곱 마지기 그것뿐이었다.

한덕문이 빚을 이리 틀어막고 저리 틀어막고, 오늘로 밀고 내일로 밀고 하여 오던 끝에, 마침내는 더 꼼짝을 할 도리가 없

규모(規模) 1. 사물이나 현상의 크기나 범위. 2. 씀씀이의 계획성이나 일정한 한도.
허황하다(虛荒--) 헛되고 황당하며 미덥지 못하다.
당가산(當家産) 집안 살림을 맡음.
쑬쑬히 품질이나 수준, 정도 따위가 웬만하여 기대 이상으로. 여기에서는 '꽤' 또는 '썩'을 뜻함.
가계(家計) 1. 한 집안 살림의 수입과 지출의 상태. 2. 집안 살림을 꾸려 나가는 방도나 형편.
번연히 '번히'의 본말. 어떤 일의 결과나 상태 따위가 훤하게 들여다보이듯이 분명하게.

어 논을 팔기로 작정을 대었을 무렵에, 그러자 용말(龍田) 사는 일인 길천(吉川)이가 요새로 바싹 땅을 많이 사들인다는 소문이 들리었다. 그리고 값으로 말하여도 썩 좋은 상답이면 한 마지기 (200평)에 스무 냥으로 스물닷 냥(20냥 이상 25냥, 4원 이상 5원)까지 내고, 아주 박토라도 열 냥(2원) 안짝은 없다고 하였다.

땅 마지기나 가진 인근의 다른 농민들도 다들 그러하였지만, 한덕문은 그중에서도 귀가 반짝 뜨였다. 시세의 갑절이었다.

고래실논으로, 개똥배미 상지상답이라야 한 마지기에 열 냥으로 열두어 냥(2원~2원 4, 50전)이요, 땅 나쁜 것은 기지개 써야 닷 냥(1원)이었다.

'팔자!'

한덕문은 작정을 하였다.

일곱 마지기 논이 상지상답은 못 되어도 상답은 되니, 잘하면 열 냥(2원)은 받을 것. 열 냥이면 이칠십사 일백마흔 냥(28원).

작정(作定) 일을 어떻게 하기로 결정함.
✤ 작정을 대었을 (논을 팔기로) 작정했을, 결정했을.
바싹 무슨 일을 거침새 없이 빨리 마무르는 모양.
상답(上畓) 토양 조건과 물의 형편이 좋아서 농사가 잘되는 논.
박토(薄土) 메마른 땅.
안짝 나이나 거리, 값 따위가 일정한 수효에 미치지 못한 범위.
시세(時勢) 시가(市價). 시장에서 상품이 매매되는 가격.
갑절 배(倍). 어떤 수나 양을 두 번 합한 만큼.
고래실논 고래실. 바닥이 깊고 물길이 좋아 기름진 논.
개똥배미 집 앞이나 집터에 붙어 있는 논.
상지상답(上之上畓) 최상급의 논.
✤ 기지개 써야 아무리 좋은 값을 받는다 해도.

빚이 이럭저럭 한 오십 냥(10원) 되니, 그것을 갚고 나면 아흔 냥(18원)이 남아. 아흔 냥을 가지고 도로 논을 장만해. 판 일곱 마지기만 한 토리의 논을 사더라도 아홉 마지기를 살 수가 있어.

결국 논 한 번 팔고 사고 하는 노름에, 빚 오십 냥 거저 갚고도, 논은 두 마지기가 늘어 아홉 마지기가 생기는 판이 아니냐.

이런 어수룩한 노름을 아니하잘 머리가 없는 것이었었다.

양친은 이미 다 없은 때요, 한덕문 그가 대주(大主, 호주)였으므로 혼자서 일을 결단하여도 간섭을 받을 일은 없었다.

곡우(穀雨) 머리의 어느 날 한덕문은 맨발짚신 풀상투에 삿갓 쓰고 곰방대 물고, 마을에서 십 리 상거의 용말 출입을 나갔다.✽ 일인 길천이가 적실히 그렇게 후한 값으로 논을 사는지 진가를 알아보자 함이었다.

금강 어귀의 항구 군산에서 시작되어, 동북 간방(間方)으로

토리(土理) 메마르거나 기름진 흙의 성질.
머리 '까닭'이나 '필요'의 뜻을 나타내는 말.
양친(兩親) 부친과 모친을 아울러 이르는 말.
호주(戶主) 한 집안의 주장이 되는 사람.
곡우(穀雨) 이십사절기의 하나. 양력으로는 4월 20일 경. 봄비가 내려서 온갖 곡식이 윤택하여진다고 한다.
머리 어떤 때가 시작될 '즈음'이나 '무렵'을 비유적으로 이르는 말.
풀상투 머리털을 땋거나 걷어 올리지 아니하고 풀어 헤친 상투.
곰방대 칼 따위로 썬 담배를 피우는 데에 쓰는 짧은 담뱃대.
상거(相距) 서로 떨어짐. 떨어져 있는 두 곳의 거리.
적실히(的實-) 틀림이 없이 확실하게.
✽ 용말 출입을 나갔다 용말에 다녀오기 위해 집 밖으로 나왔다(집을 나섰다).
진가(眞假) 진짜와 가짜를 아울러 이르는 말.
간방(間方) 정동(正東), 정남(正南), 정서(正西), 정북(正北) 네 방위의 각 사이를 가리키는 방위.

임피읍(臨陂邑)을 지나 용말로 나온 행길이, 용말 동쪽 변두리에서 솜리〔裡里〕로 가는 길과 황등장터〔黃登市〕로 가는 길의 두 갈래길로 갈리는, 그 샅에가 전주(全州)집이라는 주모가 업을 하고 있는 주막이 오도카니 호올로 놓여 있었다.

한덕문은 전주집과는 생소치 아니한 사이였다.

마당이자 바로 행길인, 그 마당 앞에 섰는 한 그루의 실버들이 한창 푸르른 전주집네 주막, 살진 봄볕이 드리운 마루에 나란히 걸터앉아 세상 물정 이야기, 피차간 살아가는 이야기, 훨씬 한담을 하던 끝에 한덕문이 지날말처럼 넌지시 물었다.

"참, 저, 일인 길천이가 요새 땅을 많이 산다구?"

"많일 게 아니라, 그 녀석이 아마 이 근처 일판을, 땅이라구 생긴 건 깡그리 쓸어 사자는 배폰가 봅디다!"

"헷소문은 아니루구면?"

행길 '한길'의 구어. 사람이나 차가 많이 다니는 넓은 길.
샅 1. 두 다리의 사이. 2. 두 물건의 틈.
주모(酒母) 술집에서 술을 파는 여인.
업(業) 여기에서는 '영업(營業)', 즉 '영리를 목적으로 하는 사업. 또는 그런 행위'를 뜻함.
오도카니 사람이나 작은 물건 따위가 또렷하게 솟아 있는 모양.
살지다 본래는 '살이 많고 튼실하다'라는 뜻으로, 여기에서는 '아주 따사로운' 정도의 의미.
피차간(彼此間) 양편 서로의 사이.
훨씬 문맥상 '한참 동안'을 뜻함.
한담(閑談) 심심하거나 한가할 때 나누는 이야기. 또는 별로 중요하지 아니한 이야기.
지날말 별다른 의미 없이 하는 말.
❧ 많일 게 아니라 많이 정도가 아니라.
일판(一-) 어떤 지역의 전부.
배포(排布/排鋪) 머리를 써서 일을 조리 있게 계획함. 또는 그런 속마음.

"달리 큰 배포가 있던지, 그러잖으면 그 녀석이 상성(발광)을 했던지."

"……?"

"한 서방 어른두 속내 아는배, 이 근처 논이 물 걱정 가뭄 걱정 없구 한 마지기에 넉 섬은 먹는 논이라야 열 냥(2원)이 상 값 아니우? 그런 걸 글쎄, 녀석은 스무 냥 스물댓 냥을 퍼 주구 사는구랴. 제 마석(1두락에 1석)두 못 먹는 자갈 바탕의 박토라두 논 명색이면 열 냥 안짝 잽히는 건 없구."

"허긴 값이나 그렇게 월등히 많이 내야 일인한테 논을 팔지, 그러잖구서야 누가."

"제엔장, 나두 진작에 논이나 시늉만 생긴 거라두 몇 섬지기 장만해 두었드라면, 이런 판에 큰 횡잴 했지."

"그래, 많이들 와 파나?"

"대가릴 싸구 덤벼든답디다. 한 서방 어른두 논 좀 파시구랴? 이런 때 안 팔구, 언제 팔우?"

"팔 논이 있나!"

이유와 조건의 어떠함을 물론하고 농민이 논을 판다는 것은

상성(喪性) 본래의 성질을 잃어버리고 전혀 다른 사람처럼 됨.
아는배 아는 것처럼.
두락(斗落) 마지기.
횡재(橫財) 뜻밖에 재물을 얻음. 또는 그 재물.
물론하다(勿論--) 말할 것도 없다.

남의 앞에 심히 떳떳스럽지 못한 일이었다.* 번연히 내일모레면 다 알게 될 값이라도 되도록 그런 기색을 숨기려고 드는 것이 통정이었다.

뚜벅뚜벅 말굽 소리가 나더니 말 탄 길천이 주막 앞을 지난다. 언제나 그러하듯이 장 뒷박모자(중산모자)에 깜장 복장〔洋服, 쓰메에리〕을 입고 깜장 목 깊은 구두를 신고 허리에는 육혈포를 차고 하였다. 한덕문은 길에서 몇 차례 본 적이 있어 그가 길천인 줄을 안다.

"어디 갔다 와요?"

전주집이 웃으면서 알은체를 하는 것을 길천은 웃지도 않으면서

"응, 조오기. 우리, 나쁜 사레미 자바리 갔소 왔소."

길천의 차인꾼이요 통역꾼이요 한 백남술이가 밧줄로 결박을 지은 촌 젊은 사람 하나를 앞참 세우고 뒤미처 나타났다.

✽ 농민이 논을 판다는 것은 ~ 떳떳스럽지 못한 일이었다 논은 농민에게 목숨과도 같은 삶의 터전이므로 농민이 논을 파는 것은 아주 부끄러운 일이었다.
기색(氣色) 마음의 작용으로 얼굴에 드러나는 빛.
통정(通情) 세상 일반의 사정이나 인정.
중산모자(中山帽子) 꼭대기가 둥글고 높은 서양 모자.
쓰메에리 '옷깃을 세운 옷'을 가리키는 일본어.
육혈포(六穴砲) 탄알을 재는 구멍이 여섯 개 있는 권총.
차인꾼(差人-) 1. 남의 장사하는 일에 시중드는 사람. 2. 임시 심부름꾼으로 부리는 사람.
결박(結縛) 몸이나 손 따위를 움직이지 못하도록 동이어 묶음.
앞참 앞장.
뒤미처 그 뒤에 곧 잇따라.

논 이야기

죄수(?)는 상투가 풀어지고, 발기발기 찢긴 옷과 면상으로 피가 묻고 한 것으로 보아, 한바탕 늑신 두들겨 맞은 것이 역력하였다.

"어디 갔다 오시우?"

전주집이 이번에는 백남술더러 인사로 묻는다.

백남술은 분연히

"남의 돈 집어먹구 도망 댕기는 놈은 죽어 싸지."

하면서 죄수에게 잔뜩 눈을 흘긴다.

그러고 나서 전주집더러

"댕겨오께시니, 닭이나 한 마리 잡구 해 놓게나. 놈을 붙잡느라구 한 승강했더니 목이 컬컬허이."

그러느라고 잠깐 한눈을 파는 순간이었다. 죄수가 밧줄 한 끝 붙잡힌 것을 홱 뿌리치면서 몸을 날려 쏜살같이 오던 길로 내뺀다.

"엇!"

백남술이 병신처럼 놀라다 이내 죄수의 뒤를 쫓는다.

길천의 탄 말이 두 앞발을 번쩍 들어 머리를 돌리면서 땅을

면상(面上) 얼굴 위. 얼굴
늑신 늘씬. 몸을 가누지 못할 정도로 심하게.
역력하다(歷歷--) 자취나 기미, 기억 따위가 환히 알 수 있게 또렷하다.
분연히(憤然-) 성을 벌컥 내며 분해하는 기색으로.
승강하다(昇降--) 승강이하다. 서로 자기주장을 고집하며 다투다.
한끝 한쪽의 맨 끝.

차고 달린다. 그러면서 길천의 손에서 육혈포가 땅…… 풀씬 연기가 나면서 재우쳐 땅……. 죄수는 그러나 첫 한 방에 그대로 길바닥에 가 동그라진다. 같은 순간 버선발로 뛰어 내려간 전주집이 에구머니 비명을 지른다.

죄수는 백남술에게 박승 한끝을 다시 붙잡히어 일어난다. 길천은 피스톨 사격의 명인은 아니었었다. 그보다도 엄포의 사격이었기가 쉬웠을 것이다.

일인에게 빚을 쓰는 것을 왜채(倭債)라고 하고, 이 젊은 친구는 왜채를 쓰고서 갚지 아니하고 몸을 피해 다니다가 붙잡힌 사람이었다.

길천은 백남술이가

"이 사람은 논이 몇 마지기가 있소."

하고 조사 보고를 하면 서슴지 아니하고 왜채를 주곤 한다. 이자도 항용 체계나 장변보다 헐하였다.

빚을 주는 데는 무른 것 같아도 받는 데는 무서웠다.

기한이 지나기를 기다려 채무자를 제집으로 데려다 감금을

재우치다 어떤 행동이 잇따라 진행되다.
박승(縛繩) 죄인을 잡아 묶는 노끈.
피스톨(pistol) 권총.
명인(名人) 어떤 분야에서 기예가 뛰어나 유명한 사람.
엄포 실속 없이 호령이나 위협으로 으르는 짓.
항용(恒用) 흔히 늘.
장변(場邊) 장에서 꾸는 돈의 이자. 한 장도막, 곧 닷새 동안의 이자를 얼마로 셈한다.
헐하다(歇--) 값이 싸다.
채무자(債務者) 특정인에게 일정한 빚을 갚아야 할 의무를 가진 사람.

하고 사형(私刑)으로써 빚 채근을 하였다.

부형이나 처자가 돈을 가지고 와서 빚을 갚는 날까지 감금과 사형을 늦추지 아니하였다.

논문서를 가지고 오는 자리는 '우대'를 하였다. 이자를 탕감하고 본전만 쳐서 논으로 받는 것이었다. 논이 있는 사람은 돈을 두어 두고도 즐거이 논으로 갚고 하였다.

한덕문은 다시 끌려가고 있는 죄수의 뒷모양을 우두커니 바라다보면서

'제엔장, 양반 호랑이도 지질한데 우환 중에 왜놈 호랭이까지 들어와서 이 등쌀이니 갈수록 죽어나는 건 만만한 백성뿐이로구나.'

'쯧, 번연히 알면서 왜채를 쓰는 사람이 잘못이지 누구를 원망하나.'

'참새가 방앗간을 거저 지날까. 이왕 외상술이라도 한잔 먹고 일어설까, 어떡할까?'

이런 생각을 하고 앉았는 차에, 생각잖이 외가편으로 아저씨

사형(私刑) 국가 또는 공공의 권력이나 법률에 의하지 아니하고 개인이나 사적 단체가 범죄자에게 벌을 주는 일.
채근(採根) 남에게 받을 것을 달라고 독촉함.
부형(父兄) 아버지와 형을 아울러 이르는 말.
탕감하다(蕩減--) 빚이나 요금, 세금 따위의 물어야 할 것을 덜어 주거나 아예 없애 주다.
지질하다 1. 싫증이 날 만큼 지루하다. 2. 보잘것없고 변변하지 못하다.
우환(憂患) 집안에 복잡한 일이나 환자가 생겨서 나는 걱정이나 근심.

뻘 되는 윤 첨지가 푸뜩 거기에 당도하였다. 윤 첨지는 황등장 터에서 제 논석지기나 지니고 탁신히 사는 농민이었다.

 아저씨 웬일이시냐고. 조카 잘 있었더냐고. 항용 하는 인사가 끝난 후에, 이 동네 사는 길천이라는 일인이 값을 후히 내고 땅을 사들인다는 소문이 있으니 적실하냐고 아까 한덕문이 전주 집더러 묻던 말을 윤 첨지가 한덕문더러 물었다.

 그렇단다는 한덕문의 대답에, 윤 첨지는 이윽히 생각을 하고 있더니 혼자말같이

 "그럼 나두 이왕 궐(厥)한테다 팔아야 하겠군."

하다가 한덕문더러

 "황등까지 가서두 살까? 예서 이십 리나 되는데."

하고 묻는다.

 "글쎄요……. 건데 논은 어째 파실 영으루?"

 "허. 그거 온 참……. 저어 공주 한밭〔大田〕서 무안 목포루 철로가 새루 나는데, 그것이 계룡산 앞을 지나 연산(連山)·팥거리〔豆溪〕루 해서 논메〔論山〕·강경(江景)으루 나와 가지구 황등장터를 지나게 된다네그려."

첨지(僉知) 나이 많은 남자를 낮잡아 이르는 말.
푸뜩 퍼뜩. 어떤 물체나 빛 따위가 갑자기 아주 순간적으로 나타나는 모양.
✤ 탁신히 사는 문맥상 '그럭저럭 굶지 않고 사는' 정도의 의미이다.
궐(厥) '그'를 낮잡아 이르는 말.
✤ 어째 파실 영으루 어찌하여 파실 생각인지.

"그런데요?"

"그런데 철로가 난다 치면 그 십 리 안짝은 논을 죄 버리게 된다는 거야."

"어째서요?"

"차가 댕기는 바람에 땅이 울려 가지구 모를 심어두 뿌릴 제대루 잡지 못하구 해서, 벼가 자라질 못한다네그려!"

"무슨 그럴 리가……."

"건 조카가 속을 몰라 하는 소리지. 속을 몰라 하는 소린 것이, 나두 작년 정월에 공주 한밭엘 갔다 그놈 차가 철로 위루 달리는 걸 구경했지만, 아 그 쇳덩이루 만든 집채더미 같은 시꺼먼 수레가 찻길 위루 벼락 치듯 달리는데 땅바닥이 사뭇 움죽움죽하드라니깐! 여승˚ 지동(지진)이야…… 그러니, 땅이 그렇게 지동하듯 사철 들이울리니, 근처 논의 모가 뿌리를 잡을 것이며 자라기를 할 것인가?"

"……."

듣고 보니 미상불 근리한˚ 말이었다.

"몰랐으면이어니와 알구두˚ 그대루 있겠던가? 그래 좀 덜 받더래두 팔아넘길 영으루 하구 있는데, 소문을 들으니 길천이

움죽움죽하다 몸의 한 부분이 움츠러들거나 펴지거나 하며 잇따라 움직이다.
여승 아주 흡사히. 사실과 꼭 같게.
근리하다(近理--) 이치에 거의 맞다.
✤ 몰랐으면이어니와 알구두 몰랐으면 논을 팔지 않겠지만 그런 사실을 알고도.

라는 손이 요새 값을 시세보담 갑절씩이나 내구 논을 산다데 그려. 정녕 그렇다면 철로 쪼간°이 아니라두 팔아 가지구 딴 데루 가서 판 논 갑절 되는 논을 장만함직두 한 노릇인데, 항차°⋯⋯."

"철로가 그렇게 난다는 건 아주 적실한가요?"

"말끔 다 측량°을 하구, 말뚝을 박아 놓구 한걸⋯⋯ 황등장터 그 일판은 그래, 논들을 못 팔아 난리가 났다니까."

3

일인 길천이에게 일곱 마지기 논을 일백마흔 냥(28원)에 판 것과, 그중 쉰 냥(10원)은 빚을 갚은 것, 이것까지는 한덕문의 예산대로 되었었다.

그러나 나머지 아흔 냥(18원)으로 판 논 일곱 마지기보다 토리가 못하지 아니한 논으로 두 마지기가 더한 아홉 마지기를 삼으로써 빚 쉰 냥은 공으로° 갚고, 그러고도 논이 두 마지기가 붇게 된다던 것은 완전히 허사가 되고 말았다.

손 손아랫사람을 '사람'보다는 낮추고 '자'보다는 좀 대접하여 이르는 말.
쪼간 이유나 근거.
항차 황차(況且). 하물며.
측량 측량(測量).
공으로(쏘--) 힘을 들이거나 대가를 치르지 않고 거저.

아무도 한덕문에게 상답 한 마지기를 열 냥씩에 팔려는 사람은 없었다. 이왕 일인 길천이에게 팔면 그 갑절 스무 냥씩을 받는 고로 말이었다.

필경 돈 아흔 냥은 한덕문의 수중에서 한 반년 동안 구르는 동안 스실사실˙ 다 없어지고 말았다.

이리하여 한덕문은 논 일곱 마지기로 겨우 빚 쉰 냥을 갚고는 아무것도 남은 것이 없이 손 싹싹 털고 나선 셈이었다. 친구가 있어 한덕문을 책하면서˙ 물었다.

"어떡허자구 논을 판단 말인가?"

"인제 두구 보게나."

"무얼 두구 보아?"

"일인들이 다 쫓겨 가면, 그 땅 도로 내 것 되지 갈 데 있던가?"

"쫓겨 갈 놈이 논을 사겠나?"

"저이놈들이 천지운수˙를 안다든가?"

"자네는 아나?"

"두구 보래두 그래."

한덕문은 혼자 속으로는 아뿔싸, 논이라야 단지 그것뿐인 것을 팔고서 인제는 송곳 꽂을 땅도 없으니 이 노릇을 어찌한단 말이냐고 심히 후회하여 마지아니하였다.

스실사실 표나지 않게 조금씩 조금씩.
책하다(責--) 잘못을 꾸짖거나 나무라며 못마땅하게 여기다.
천지운수(天地運數) 문맥상 '세상 돌아가는 이치'를 뜻함.

그러면서도 남더러는 그렇게 배포 있이 장담을 탕탕 하였다.

한덕문은 장차에 일인들이 쫓기어 가리라는 것을 확언할 아무런 근거도 가진 것이 없었다. 따라서 자신도 없었다. 오직 그는 논을 판 명예롭지 못함과 어리석음을 싸기 위하여 그런 희떠운 소리를 한 것일 따름이었다.

한덕문이, 일인들이 다 쫓기어 가면 그 논이 도로 제 것이 될 터이라서 논을 팔았다고 한다더라, 이 소문이 한 입 두 입 퍼지자 듣는 사람마다 그의 희떠움을 혹은 실없음을 웃었다.

하는 양을 보느라고 위정

"자네 논 팔았다면서?"

한다 치면

"팔았지."

"어째서?"

"돈이 좀 아쉬워서."

"돈이 아쉽다구 논을 팔구서 어떡하자구?"

"일인들이 다 쫓겨 가면 그 논 도루 내 것 되지 갈 데 있나?"

"일인들이 쫓겨 간다든가?"

"그럼 백년 살까?"

또 누구는 수작을 바꾸어

확언하다(確言--) 확실하게 말하다.
희떱다 말이나 행동이 분에 넘치며 버릇이 없다.
위정 '일부러'의 사투리.

"일인들이 쫓겨 간다지?"

한다 치면

"그럼!"

"언제쯤 쫓겨 가는구?"

"건 쫓겨 가는 때 보아야 알지."

"에구 요 맹추야, 요 허풍선이야, 우리나라 상감님을 쫓아 내구 저이가 왕 노릇을 하는데 쫓겨 가?"

"자넨 그럼 일인들이 안 쫓겨 가구 영영 그대루 있으면 좋을 건 무언가?"

"좋기루 할 말이야 일러 무얼 하겠나만, 우리 좋구픈 대루 세상일이 돼 준다던가?"

"그래두 인제 내 말을 이를 때가 오너니."

"괜히 논 팔구섬 할 말 없거들랑 국으루 잠자쿠 가만히나 있어요."

"체에, 내 논 내가 팔아먹는데 죄 될 일 있나?"

"걸 누가 죄라니?"

"길천이한테 논 팔아먹은 놈이 한덕문이 하나뿐인감?"

"누가 논 판 걸 나무래? 희떤 장담을 하니깐 그러는 거지."

"희떤 장담인지 아닌지 두구 보잔 말야."

허풍선이(虛風扇 -) 허풍을 잘 떠는 사람.
국으루 국으로. 제 생긴 그대로. 또는 자기 주제에 맞게.

이로부터 한덕문은 그 말로 인하여 마을과 인근에서 아주 호가 났고,✱ 어느 겨를인지 그것이 한 속담까지 되었다.

가령 어떤 엉뚱한 계획을 세운다든지 허랑한˚ 일을 시작하여 놓고서는 천연스럽게 성공을 자신한다든지, 결과를 기다린다든지 하는 사람이 있든가 치면

"흥, 한덕문이 길천이게다 논 팔아먹던 대˚ 났구나."

하고 비웃곤 하는 것이었었다.

그 호, 그 속담은 삼십오 년을 두고 전하여 내려왔다. 전하여 내려올 뿐만이 아니었다. 일본 제국주의의 조선에 있어서의 지반˚이 해가 갈수록 완구한˚ 것이 되어 감을 따라, 더욱이 만주 사변˚ 때부터 시작하여 중일 전쟁˚을 거쳐 태평양 전쟁˚으로 일이 거창하게 벌어진 결과, 전쟁 수단으로서 조선의 가치는 안으로 밖으로, 적극적으로 소극적으로 나날이 더 커 감을 좇아, 일본

호(號) 세상에 널리 드러난 이름.
✱ 호가 났고 세상에 널리 이름이 났고.
허랑하다(虛浪--) 언행이나 상황 따위가 거짓이 많고 착실하지 못하다.
대 문맥상 '꼴'을 뜻함.
지반(地盤) 일을 이루는 기초나 근거가 될 만한 바탕.
완구하다(完久--) 어떤 상태가 완전하여 오래 견딜 수 있다. 또는 오래갈 수 있다.
만주 사변(滿洲事變) 1931년 만주의 류탸오후(柳條湖)에서 일어난 철도 폭파 사건을 계기로 시작한 일본군의 중국 둥베이(東北) 지방에 대한 침략 전쟁. 일본의 관동군은 둥베이 삼성(三省)을 점령하고 이듬해 만주국을 수립하였는데, 이것은 그 뒤 중일 전쟁의 발단이 되었다.
중일 전쟁(中日戰爭) 1937년 루거우차오(蘆溝橋) 부근에서 일본군과 중국군이 충돌한 사건에서 비롯되어 중국과 일본 사이에 벌어진 전쟁. 일본이 중국 본토를 정복하려고 일으켰는데, 1945년에 일본이 연합국에 무조건 항복함으로써 끝났다.
태평양 전쟁(太平洋戰爭) 1941년부터 1945년까지 일본과 연합국 사이에 벌어진 전쟁. 제2차 세계 대전의 일부로서, 일본의 진주만 기습으로 시작되어 일본의 무조건 항복으로 끝났다.

이 조선에다 박은 뿌리는 더욱 깊이 뻗어 들어가고 가지와 잎은 더욱 무성하여서, 일본이 조선으로부터 물러간다는 것은 독립과 한가지로 나날이 더 잠꼬대 같은 생각이던 것처럼 되어 버려 감을 따라, 그래서 한덕문의 장담하던 "일인들이 다 쫓겨 가면……." 이 말이 해가 가고 날이 갈수록 속절없이 무색하여 감을 따라 그와 반비례하여 그 말의 속담으로서의 가치와 효과만이 멸하지 않고 찬란히 빛을 내었다.

바로 팔월 십사일까지도 그러하였다. 팔월 십사일까지도

"흥, 한덕문이 길천이한테 논 팔아먹던 대 났구나."

는 당당히 행세를 하였었다.

그랬던 것이, 팔월 십오일에 일본이 항복을 하고 조선은 독립(실상은 우선 해방)이 되고 하였다. 그리고 며칠 아니하여 '일인들이 토지와 그 밖의 온갖 재산을 죄다 그대로 내어놓고 보따리 하나에 몸만 쫓기어 가게 되었다.'는 데까지 이르렀다.

한 생원(한덕문)의

"일인들이 다 쫓겨 가면……."

은 이리하여 부득불 빛이 화안하여지고 반대로

속절없이 단념할 수밖에 달리 어찌할 도리가 없이.
무색하다(無色 --) 겸연쩍고 부끄럽다.
멸하다(滅 --) 망하여 죄다 없어지다. 또는 그렇게 하다.
✽ 독립(실상은 우선 해방) 연합국에 대한 일본의 항복으로 조선이 해방은 되었으나, 그 이후에 일본 제국주의를 대신하여 들어온 미군정의 지배를 받게 되어 실제적으로 아직 '독립'하지는 못했기 때문에 '실상은 우선 해방'이라고 표현한 것이다.

"한덕문이 길천이한테 논 팔아먹던 대 났구나."
는 그만 얼굴이 벌게서 납작하고 말 수밖에 없었다.

4

"여보슈 송 생원?"

한 생원이 허연 탑삭부리에 묻힌 쪼글쪼글한 얼굴이 위아래 다섯 대밖에 안 남은 누런 이빨과 함께 흐물흐물 자꾸만 웃어지는 웃음을 언제까지고 거두지 못하면서, 그러다 별안간 송 생원의 팔을 잡아 흔들면서 아주 긴하게*

"우리 독립 만세 한번 부르실까?"

"남 다아 부르구 난 댐에 건 불러 무얼 허우?"

송 생원은 한 생원과 달라 길천이한테 팔아먹은 논도 없으려니와, 따라서 일인들이 쫓기어 가더라도 도로 찾을 논도 없었다.

"송 생원, 접때 마을에서 만세를 부를 제 나가 부르셨던가?"

"난 그날 허리가 아파 꼼짝 못하구 누웠었는걸."

"나두 그날 고만 못 불렀어."

"아따, 못 불렀으면 못 불렀지, 늙은것들이 만세 좀 아니 불

긴하다(緊--) 매우 간절하다.

논 이야기

렀기루 귀양살이 보내겠수?"

"난 그래두 좀 섭섭해 그랬지요…… 그럼 송 생원 우리 술 한잔 자실까?"

"술이나 한잔 사 주신다면."

"주막으루 나갑시다."

두 늙은이가 지팡이를 짚고 마을에 단 한 집밖에 없는 주막으로 나갔다.

"에구머니, 독립두 되구 볼 거야. 영감님들이 술을 다 자시러 오시구."

이십 년이나 여기서 주막을 하느라고 인제는 중늙은이°가 된 주모 판쇠네가, 손님을 환영이라기보다 다뿍° 걱정스러한다.

"미리서 외상인 줄이나 알구, 술 좀 주게나."

한 생원이 그러면서 술청°으로 들어가 앉는 것을, 송 생원도 따라 들어가 앉으면서 주모더러

"외상 두둑히 드리게. 수가 나섰다네."

"독립되는 운덤°에 어느 고을 원님이나 한자리해 가시는감?"

"원님을 걸 누가 성가시게, 흐흐……."

한 생원은 그러다 다시

중늙은이(中---) 젊지도 아니하고 아주 늙지도 아니한 사람. 또는 조금 늙은 사람.
다뿍 분량이 다소 넘치게 많은 모양.
술청 술집에서 술을 따라 놓는 널빤지로 만든 긴 탁자. 또는 그런 탁자를 두고 술을 마실 수 있게 한 곳.
운덤 운이 좋아 덤으로 생기는 소득.

"거, 안주가 무어 좀 있나?"

"안주두 벤벤찮구 술두 막걸린 없구 소주뿐인걸, 노인네들이 소주 잡숫구 어떡허시게."

"아따, 오줌은 우리가 아니 싸리."

젊었을 적에는 동이술을 사양치 아니하던 영감들이었다. 그러나 둘이가 다 내일모레가 칠십. 더구나 자주자주는 술을 입에 대지 않던 차에, 싱겁다고는 하지만 소주를 칠팔 잔씩이나 하였으니 과음일 수밖에 없었다. 송 생원은 그대로 술청에 쓰러져 과연 소변을 지리기까지 하였다.

한 생원은 송 생원보다는 아직 기운이 조금은 좋은 덕에 정신을 놓거나 몸을 가누지 못할 지경은 아니었다.

"우리 논을 좀 보러 가야지, 우리 논을. 서른다섯 해 만에, 우리 논을 보러 간단 말야, 흐흐흐."

비틀거리면서 한 생원은 술청으로부터 나온다.

주모 판쇠네가 성화가 나서

"방으루 들어가 누섰다, 술 깨신 댐에 가세요. 노인네들 술 드렸다구 날 또 욕하게 됐구면."

"논 보러 가, 논. 길천이게다 판 우리 논. 흐흐흐, 서른다섯 해 만에 도루 찾은, 우리 일곱 마지기 논, 흐흐흐."

벤벤찮다 변변찮다. 제대로 갖추어지지 못하여 부족한 점이 있다.
동이술 동이째 먹는 술.
지리다 똥이나 오줌을 참지 못하고 조금 싸다.

논 이야기

"글쎄 논은 이댐에 보러 가시면 어디루 가요?"

"날, 희떤 소리 한다구들 웃었지. 미친놈이라구 웃었지, 들. 흐흐. 서른다섯 해 만에 내 말이 들어맞일 줄을 누가 알았어? 흐흐흐."

말은 혀 꼬부라진 소리로, 몸은 위태로이 비틀거리면서 한 생원은 지팡이를 휘젓고 밖으로 나간다. 나가다 동네 젊은 사람과 마주쳤다.

"아 한 생원 웬일이세요?"

"논 보러 간다, 논. 흐흐흐. 너두 이 녀석, 한덕문이 길천이한테 논 팔아먹던 대 났구나, 그런 소리 더러 했었지? 인제두 그런 소리가 나오까?"

"취하셨군요."

"나, 외상술 먹었지. 논 찾았은깐 또 팔아서 술값 갚으면 고만이지. 그럼 한 서른다섯 해 만에 또 내 것 되겠지, 흐흐흐. 그렇지만 인전 안 팔지, 안 팔아. 우리 용길이놈 물려줘여지, 우리 용길이놈."

"참, 용길이 요새 있죠?"

"있지. 길천이한테 팔아먹었을까?"

"저, 읍내 사는 영남이가 산판(山坂) 하날 사서 벌목을 하는

───────────

산판(山坂) 멧갓. 나무를 함부로 베지 못하게 가꾸는 산.
벌목(伐木) 멧갓이나 숲의 나무를 벰.

데, 이 동네 사람들더러 와 남구˚ 비어 주구, 그 대신 우죽[枝葉]˚ 가져가라구 하니, 용길이두 며칠 보내서 땔나무나 좀 장만하시죠."

"걸 누가…… 논을 도루 찾았는데."

"논만 찾으면 땔나문 없어두 사시나요?"

"논두 없어두 서른다섯 해나 살지 않었느냐?"

"허허 참, 그러지 마시구 며칠 보내세요. 어서서 다 비어 버려야 할 텐데 도무지 사람을 못 구해 그러니, 절더러 부디 그럭허두룩 서둘러 달라구, 영남이가 여간만 부탁을 해싸여죠. 아, 바루 동네서 가찹겠다˚. 져 나르기 수얼허구˚…… 요 위 가잿골 있는 길천 농장 멧갓이래요."

"무어?"

한 생원은 별안간 정신이 번쩍 나면서 대어든다.

"가잿골 있는 길천 농장 멧갓이라구?"

"네."

"네라니? 그 멧갓이…… 가마안자˚, 아니, 그 멧갓이 뉘 멧갓이길래?"

남구 '나무'의 사투리.
우죽[枝葉] 식물의 가지와 잎.
가찹다 '가깝다'의 사투리.
수얼하다 '수월하다'의 사투리. 까다롭거나 힘들지 않아 하기가 쉽다.
가마안자 '가마안(가만)'에 '자'라는 말이 붙어 '가만'의 말뜻을 강조하는 표현. '가만'은 "가만, 내 말 좀 들어 봐."에서처럼 남의 말이나 행동을 막을 때 쓰는 말.

"길천 농장 멧갓 아네요? 걸 영남이가 일인들이 이번에 거들이 나는 바람에 농장 산림 감독하던 강 서방한테 샀대요."

"하, 이런 도적놈들, 이런 천하 불한당놈들. 그래, 지끔두 벌목을 하구 있더냐?"

"오늘버틈 시작했다나 봐요."

"하, 이런 천하 날불한당놈들이."

한 생원은 천방지축으로 가잿골을 향하여 비틀걸음을 친다.

솔은 잘 자라지 않고, 개간하여 밭을 만들자 하니 힘이 부치고 하여, 이름만 멧갓이지 있으나마나 한 멧갓 한 자리가 있었다. 한 삼천 평 될까말까, 그다지 크지도 못한 것이었었다.

이 멧갓을 한 생원은 길천이에게다 논을 팔던 이듬햇지 그 이듬햇지, 돈은 아쉽고 한 판에 또한 어수룩히 비싼 값으로 팔아넘겼었다.

길천은 그 멧갓에다 낙엽송을 심어, 삼십여 년이 지난 지금 와서는 아주 헌다한 산림이 되었었다.※

늙은이의 총기요, 논을 도로 찾게 되었다는 것에만 정신이 팔려, 깜빡 멧갓 생각은 미처 아직 못하였던 모양이었다.

마침 전신줏감의 쪽쪽 곧은 낙엽송이 총총들이섰다. 베기에 아까워 보이는 나무였다.

※ 헌다한 산림이 되었었다 문맥상 '울창한 숲이 되었었다', '볼 만한 숲이 되었었다' 정도의 의미.
총기(聰氣) 1. 총명한 기운. 2. 좋은 기억력.
총총들이(蔥蔥--) 틈이 없을 만큼 겹겹이 들어서게.

한 서넛이나가 한편에서부터 깡그리 베어 눕히고, 일변 우죽을 치고 한다.

"이놈, 이 불한당놈들. 이 멧갓 벌목한다는 놈이 어떤 놈이냐?"

비틀거리면서 고함을 치고 쫓아오는 한 생원을, 사람들은 영문을 몰라 일하던 손을 멈추고 뻐언히 바라다보고 섰다.

"이놈 너루구나?"

한 생원은 영남이라는 읍내 사람 벌목 주인 앞으로 달려들면서 한 대 갈길 듯이 지팡이를 둘러멘다.

명색이 읍내 사람이라서, 촌 농투성이에게 무단히 해거를 당하면서 공수하거나˙ 늙은이 대접을 하려고는 않는다.

"아니, 이 늙은이가 환장˙을 했나? 왜 그러는 거야, 왜?"

"이놈, 네가 왜 이 멧갓을 손을 대느냐?"

"무슨 상관여?"

"어째 이놈아 상관이 없느냐?"

"뉘 멧갓이길래?"

"내 멧갓이다. 한덕문이 멧갓이다, 이놈아."

"허허, 내 별꼴 다 보니. 괜시리 술잔 든질렀거들랑˙ 고히 삭

해거(駭擧) 괴상하고 얄궂은 짓.
공수하다(拱手--) 왼손을 오른손 위에 놓고 두 손을 마주 잡아 공경의 뜻을 나타내다.
환장(換腸) 1. 마음이나 행동 따위가 비정상적인 상태로 달라짐. 2. 어떤 것에 지나치게 몰두하여 정신을 못 차리는 지경이 됨을 속되게 이르는 말.
든질르다 '들이지르다'의 사투리. 닥치는 대로 흉하게 많이 먹다.

히진 아녀구서, 나이깨 먹은 것이 왜 남 일하는 데 와서 이 행악야 행악이. 늙은인 다리뼉다구 부러지지 말란 법 있나?"

"오냐 이놈, 날 죽여라. 너구 나구 죽자."

"대체 내력을 말을 해요. 무엇 때문에 이 야료ᆞ지 내력을 말을 해요."

"이 멧갓이 그새까진 길천이 것이라두, 조선이 독립됐은깐 인전 내 것이란 말야, 이놈아."

"조선이 독립이 됐는데 어째 길천이 멧갓이 한덕문이 것이 되는구?"

"길천인, 일인들은, 땅을 죄다 내놓구 간깐 그전 임자가 도루 차지하는 게 옳지 무슨 말이냐?"

"오오, 이녁ᆞ이 이 멧갓을 전에 길천이한테다 팔았다?"

"그래서."

"그랬으니깐, 일인들이 땅을 다 내놓구 가니깐, 이녁은 팔었던 땅을 공짜루 도루 차지하겠다?"

"그래서."

"그 개 뭣 같은 소리 인전 엔간치ᆞ 해 두구 어서 없어져 버려요. 난 뼈젓이 길천 농장 산림 관리인 강태식이한테 시퍼런 돈 이

행악(行惡) 모질고 나쁜 짓을 행함. 또는 그런 행동.
내력(來歷) 1. 지금까지 지내온 경로나 경력. 2. 일정한 과정을 거치면서 이루어진 까닭.
야료(惹鬧) 까닭 없이 트집을 잡고 함부로 떠들어 댐.
이녁 듣는 이를 조금 낮추어 이르는 이인칭 대명사.
엔간치 '웬만큼'의 사투리.

천 환 주구서 계약서 받구 샀어요. 강태식인 길천이가 해 준 위임장 가지구 팔구. 돈 내구 산 사람이 임자지, 저 옛날 돈 받구 팔아먹은 사람이 임잘까?"

8·15 직후 낡은 법이 없어지고 새로운 영이 서기 전, 혼란한 틈을 타서 잇속에 눈이 밝은 무리들이 일본인 농장이나 회사의 관리자와 부동이 되어 가지고, 일인의 재산을 부당 처분하여 배를 불린 일이 허다하였다. 이 산판 사건도 그런 것의 하나였다.

5

그 뒤 훨씬 지나서.

일인의 재산을 조선 사람에게 판다, 이런 소문이 들렸다. 사실이라고 한다면 한 생원은 그 논 일곱 마지기를 돈을 내고 사지 않고서는 도로 차지할 수가 없을 판이었다. 물론 한 생원에게는 그런 재력이 없거니와, 도대체 전의 임자가 있는데 그것을 아무나에게 판다는 것이 한 생원으로 보기에는 불합리한 처사였다.

영(令) 법령(法令).
잇속(利-) 이익이 되는 실속.
부동(符同) 그른 일에 어울려 한통속이 됨.
허다하다(許多--) 수효가 매우 많다.
재력(財力) 재물의 힘. 또는 재산상의 능력.
처사(處事) 일을 처리함. 또는 그런 처리.

한 생원은 분이 나서 두 주먹을 쥐고 구장에게로 쫓아갔다.

"그래 일인들이 죄다 내놓구 가는 것을 백성들더러 돈을 내구 사라구 마련을 했다면서?"

"아직 자세힌 모르겠어두 아마 그렇게 되기가 쉬우리라구들 하드군요."

해방 후에 새로 난 구장의 대답이었다.

"그런 놈의 법이 어딨단 말인가? 그래, 누가 그렇게 마련을 했는구?"

"나라에서 그랬을 테죠."

"나라?"

"우리 조선 나라요."

"나라가 다 무어 말라비틀어진 거야? 나라 명색이 내게 무얼 해 준 게 있길래, 이번엔 일인이 내놓구 가는 내 땅을 저이가 팔아먹으려구 들어? 그게 나라야?"

"일인의 재산이 우리 조선 나라 재산이 되는 거야 당연한 일이죠."

"당연?"

"그렇죠."

"흥, 가만둬 두면 저절루 백성의 것이 될 걸, 나라 명색은 가만히 앉았다 어디서 툭 튀어나와 가지구 걸 뺏어서 팔아먹어? 그따위 행사가 어딨다든가?"

"한 생원은 그 논이랑 멧갓이랑 길천이한테 돈을 받구 파셨으니깐 임자로 말하면 길천이지 한 생원인가요?"
"암만 팔았어두, 길천이가 내놓구 쫓겨 갔은깐 도루 내 것이 돼야 옳지, 무슨 말야. 걸 무슨 탁에 나라가 뺏을 영으루 들어?"
"한 생원한테 뺏는 게 아니라 길천이한테 뺏는 거랍니다."
"홍, 둘러다 대긴 잘들 허이. 공동묘지 가 보게나. 핑계 없는 무덤 있던가? 저, 병신년에 원놈(군수) 김가가 우리 논 열두 마지기 뺏을 제두 핑곈 다 있었드라네."
"좌우간, 아직 그렇게 지레 염렬 하실 게 아니라, 기대리구 있노라면 나라에서 다 억울치 않두룩 처단을 하겠죠."
"일없네. 난 오늘버틈 도루 나라 없는 백성이네. 제길, 삼십육 년두 나라 없이 살아왔을러드냐. 아니 글쎄, 나라가 있으면 백성한테 무얼 좀 고마운 노릇을 해 주어야 백성두 나라를 믿구 나라에다 마음을 붙이구 살지. 독립이 됐다면서 고작 그래, 백성이 차지할 땅 뺏어서 팔아먹는 게 나라 명색야?"
그러고는 털고 일어서면서 혼자말로
"독립됐다구 했을 제 내 만세 안 부르기 잘했지."

■ 「협동」(1946. 10) ; 『잘난 사람들』(민중서관, 1948)

탁 '턱'의 사투리. 마땅히 그리하여야 할 까닭이나 이치.
처단(處斷) 결단을 내려 처치하거나 처분함.

논 이야기

● 등장인물 들여다보기

한덕문(한 생원)

조선 시대 말기부터 해방 직후까지 살아온 평범한 농민으로, 일제 강점기에 일본인에게 팔았던 논을 해방이 되고 나서 되찾을 수 있을 거라 기대합니다. 하지만 그 기대가 무너지는 현실을 보면서 나라에 대한 희망을 모두 버리고, 자신에게 아무런 이익도 주지 않는다면 국가의 독립도 무의미하다는 태도를 보이며 냉소적인 국민이 됩니다. 해방 직후 농민들이 나라에 대해 가졌던 기대와 좌절감을 상징하는 인물이라 할 수 있습니다.

조선 시대 말기에 한덕문의 집안은 아버지가 피땀 흘려 열심히 일한 결과로 열서 마지기와 일곱 마지기의 두 자리 논을 갖게 되었습니다. 그러나 오 년 뒤인 병신년(1896년), 그의 나이 스물한 살 때에 아버지가 동학에 가담했다는 누명을 쓰고 협박을 받아 열서 마지기 논을 고을 원에게 강제로 빼앗깁니다. 나라가 식민지가 된 다음해인 신해년(1911년)에는, 한덕문 자신의 헤픈 살림과 술, 노름 버릇 때문에 진 빚으로 일곱 마지기 논을, 그 뒤 삼천 평 정도의 멧갓마저 일본인 길천이에게 팔아 땅 한 평 없는 소작농으로 전락합니다. 해방이 되자 일본인에게 팔았던 땅을 당연히 모두 되찾을 수 있을 거라 생각하는 어리석은 면도 있지만 현실은 전혀 다르다는 것을 알게 됩니다.

또한 일본이 패망한 뒤에 들어선 나라에서도 자기가 일본인에게 팔았던 논을 농민들에게 되파는 현실을 보면서, 조선 말기의 부패한 국가나 독립된 뒤의 지배 권력 모두 자기 같은 평범한 농민들을 위하지 않는다는 점에서 마찬가지라는 것을 본능적으로 알아차리는 인물이기도 합니다.

길천이

한덕문의 이웃 마을에 사는 일본인 지주로, 일제 강점기에 한덕문의 땅을 비롯하여 조선 농민들이 소유하고 있던 많은 땅을 사 모았다가 일제가 패망한 직후에 산 땅을 모두 되팔고 떠나는 인물입니다.

일본 제국주의는 조선을 식민지로 강점한 초기부터 군대와 경찰을 동원하는 등 물리적 강압을 뒷받침하여 경제적인 지배를 꾀했습니다. 이 작품에서 보듯이 일본 제국주의는 막대한 자본(돈)을 조선에 들여와서, 경제적 이해관계에 어둡고 무지한 조선 농민들의 땅을 대규모로 사들여 일본인이 경영하는 농장으로 만들었습니다. 이렇게 되면서 조선 농민들은 일본인 농장의 소작농이 되었고, 여기에서 생산된 쌀 등의 농산물은 일본으로 빠져나갔습니다. 길천이는 바로 조선 농촌에 대한 일본 제국주의의 이러한 식민 지배 방식을 실제로 구현하는 인물이라 할 수 있습니다. 해방 직후 일본으로 쫓겨 가기 직전에도 조선 농민들에게 산 땅을 다시 조선 사람에게 팔고 떠난 것으로 보아, 당시의 혼란상을 교묘하게 이용하여 자기 이익을 놓치지 않는 교활한 인물이기도 합니다.

| **영남이**
해방 직후의 혼란한 상황에서 길천 농장의 산림 관리인 강태식에게, 예전 한덕문 소유의 멧갓을 사서 이익을 챙기려 하는 인물입니다. 자신의 옛 땅을 되찾겠다는 한덕문의 꿈이 실현될 수 없음을 결정적으로 보여 주는 인물이기도 합니다.

● 작품 Q&A

"선생님, 궁금해요!"

Q 이 작품은 해방 직후에 발표되었는데요, 작가는 해방 직후의 현실 상황을 이야기하기 위해서 왜 다른 어느 것이 아닌 '논 이야기'를 제재로 택한 것일까요?

A 해방 직후, 일제는 패망했지만 그 자리에 미군정이 들어와 우리나라를 통치하고 있었습니다. 우리나라는 아직 제대로 된 정부가 들어서지 못한 채 혼란을 겪던 시기였지요. 그런데 당시 인구의 대다수는 농민이었고, 이 작품의 한덕문처럼 농민들의 관심사는 우선 일본(인)이 소유하고 있던 땅이 어떻게 처분되는가에 쏠려 있었습니다. 일제 강점기에 일제 당국이나 일본인 개인이 소유하고 있던

땅을, 만약 나라에서 돈을 받지 않고 나누어 준다고 했다면 땅이 없는 농민들에게 그보다 더 기쁜 소식은 없었을 것입니다. 뿐만 아니라 일본의 식민지 지배를 거치면서 자기 소유 땅에 농사를 짓는 자작농은 대폭 줄어들고, 땅을 갖지 못한 소작농의 비중이 크게 늘어났기 때문에, 이 당시는 정말로 농사를 짓는 농민들에게 땅을 되돌려 주는 일이 경제를 살리는 데에 꼭 필요한 일이었습니다. 농민들이 자기 땅을 갖고 마음 놓고 농사를 짓는 것은 예나 지금이나 나라 경제에서 아주 기본적이고 중요한 일이지만, 이 당시는 더욱더 핵심적이고 절박한 문제였습니다. 그러나 이 작품에서 보듯이, 당시의 정책은 그 땅들을 농민들에게 돈을 받고 되파는 것이었습니다. 돈이 없는 농민은 해방된 이후에도 땅을 가질 수 없었던 거지요. 한덕문의 경우처럼 일제 강점기에 돈을 받고 땅을 판 농민이 그 땅을 되찾을 수 없었던 것은 말할 필요도 없었고요.

작가 채만식은 이러한 당시 현실을 정확하게 파악하고 있었습니다. 그는 당시 민중들의 대다수를 차지하고 있던 농민들에게 땅 문제가 얼마나 중요한지, 땅에 관한 나라의 정책에 얼마나 문제가 있는지를 보여 주고자 했던 겁니다. 그런데 땅 가운데에서도 '논 이야기'를 제재로 삼은 것은, 지금도 마찬가지이지만 논이 농민들에게 가장 중요한 삶의 터전이자 존재의 이유였기 때문입니다. 논을 빼앗긴다는 것은 단순히 땅을 빼앗기는 것이 아니라 삶 자체를 박탈당하는 것을 의미합니다. 그러한 논을 빼앗길 수밖에 없는 현실에 대한 고발, 농민들의 가장 절박한 생존의 문제가 일제 강점기나 해방 이후에도 해결되지 않았음을 '논 이야기'를 통해 보여 주고자 한 것입니다.

Q '한덕문'의 생애가 특별히 주목할 만큼 의미 있는 것인가요? 소설의 주인공이 되기에는 너무나 평범해 보이는 한 농민을 통해서 작가가 궁극적으로 말하고자 하는 바는 무엇인가요?

A 작품을 잘 읽어 보면 한덕문이 언제 출생해서 어떤 시대를 거치며 살았는지를 추적해 볼 수 있습니다. 병신년(1896년)에 스물한 살이었다고 했으므로 한덕문은 1876년 생입니다. 이때는 조선이라는 나라가 자체 내의 문제들을 슬기롭게 해결하지 못한 채 세계 열강의 침략 야욕에 그대로 노출되어, 마침내 일본 제국주의와 불평등한 강제 개항 조약, 즉 강화도 조약을 맺은 해입니다. 스물한 살 청년이 되어 집안에서 논도 사 모으고 좀 살 만해졌을 때, 아버지인 한태수가 동학에 가담했다는 누명을 쓰고 협박을 받아 고을 원에게 논을 빼앗깁니다. 그리고 한덕문 자신의 헤픈 살림과 술, 노름 때문이긴 하지만, 일제 강점기에 들어서 역시 일본인에게 논과 멧갓을 팔아 자기 소유의 땅을 모두 잃게 됩니다. 또한 다른 사람들과 마찬가지로 공출과 징용에 시달립니다. 해방이 되어서는 팔았던 자기 땅을 당연히 되찾을 수 있을 거라 생각했지만, 나라에서는 자기 생각과는 완전히 동떨어진 정책을 폅니다. 해방 당시에 그는 70세 노인이었습니다.

우선 한덕문이라는 인물이 살아온 시기(1876~1945) 자체가 매우 상징적인 의미를 갖습니다. 조선이라는 나라가 그 말기에 지니고 있던 낡고 부패한 질서를 새롭고 건강하게 바꾸지 못하여, 우리 민족이 외부 세력의 지배하에서 고통받게 되는 시대입니다. 그런데 그 지배에서 겨우 벗어났다고 생각되던 해방 이후에도 사정은 본질적으로 마찬가지라는 것이 작가의 생각입니다. 작가가 보기에 조선 말기 나라건, 일제 강점기 나라건, 해방 직후 시점의 미군정기 나라건, 한덕문과 비슷한 처지에 놓여 있었던 대다수 민중, 즉 농민들의 땅 문제를 해결하기는커녕 농민들의 이익에 반하는 행위를 한다는 점에서 모두 똑같다는 것입니다. 작가는 해방 직후 농민들이 처한 현실을 구체적으로 보여 주면서, 한편으로는 농민(민중)들에게 나라(국가)의 실질적 의미가 무엇인지를 묻고 있습니다. 한덕문이 아주 평범한 인물이기 때문에 당시 농민들이 가지고 있던 현실적인 관심사를 오히려 더 효과적으로 대변한다고 볼 수 있습니다.

Q 한덕문은 현실에 매우 냉소적인 태도를 보이는데요, 그의 냉소적인 태도를 어떻게 받아들여야 할까요?

A 한덕문은 평범하고 무지한 농민으로, 현실에 대한 그의 냉소적인 태도는 지식인들이 보이는 그것과 차이가 있습니다.

일반적으로 지식인들이 냉소적인 태도를 갖는 것은 현실에서 부딪치는 실제 상황들에 기인한 것이기도 하지만, 그와 더불어 지식인들이 곧잘 그러듯이 머릿속에서 만들어 낸 관념 때문이기도 합니다. 즉, '내가 생각하기에 이 세상은 나 같은 지식인을 받아들일 수 없어.'라거나 '그러니까 나는 실패한 인생이야.'라는 식의 의식 때문에 더욱더 그런 냉소적인 태도를 갖게 된다는 것입니다.

이에 비해 한덕문의 냉소적인 태도는 칠십 평생의 실제 삶의 경험에 바탕을 둔 것이라 할 수 있습니다. 보통 자신이 생각하는 기준에 비춰 볼 때 사회 현실이 어찌해 볼 도리가 없을 만큼 매우 바람직하지 못한 상태라고 느끼는 인물에게서 냉소적인 태도가 나타나곤 합니다. 한덕문의 경우에는 그렇게 어찌해 볼 수 없을 것 같다는 판단이 머릿속 관념이 아닌 오랜 삶의 경험에서 나온 것입니다. 그렇기 때문에 그것이 오히려 더 강한 냉소일 수 있습니다.

어떤 경우에도 한덕문에게는 관념보다, 현실에서 실제로 살아가는 문제가 더 중요합니다. 그리고 그의 냉소적 태도는, 당시 해방된 나라에 대해 우리 농민(민중)들이 일반적으로 느낀 좌절감과 실망감을 대변한다는 점에서 중요한 의미를 갖습니다.

Q 그렇다면 한덕문처럼 스스로 '나라 없는 백성'이라 말하면서, 새롭고 바람직한 나라를 만드는 일에 무관심한 태도가 올바른 것인가요? 그리고 작가도 한덕문과 같은 생각을 한 것일까요?

A 물론 한덕문의 태도를 올바른 것이라고 할 수는 없습니다. 그것이 아무리 당시 농민(민중)들의 일반적 좌절감과 실망감을 대변한다 하더라도 올바른 것은 아닙니다. 그렇지만 이렇게 판단함과 동시에 우리는 한덕문 같이 평범하고 무지한 농민들이 나라에 대해 어떤 감정과 생각을 갖고 있었는지를 있는 그대로 이해하는 것이 중요합니다. 당시에 새롭고 좋은 나라를 만든다는 것은 결국 국민의 대다수를 차지하는 농민들에게 혜택을 베푸는 나라를 만드는 일이었기 때문입니다.

그렇다면 작가가 이 작품을 쓰면서 어떤 생각을 가졌을지도 짐작해 볼 수 있습니다. 우선 작가 역시 한덕문 같은 농민의 처지를 공감하면서 당시 사회 현실에 대해 극심한 실망감과 분노를 느끼고 있었음을 알 수 있습니다. 그 실망감과 분노가 워낙 크게 표출되고 있기 때문에 한덕문의 생각이 곧 작가의 생각이 아닐까 하고 오해할 수도 있습니다. 그러나 작가 채만식의 생각이 한덕문의 수준에 머물고 있다고 보아서는 안 됩니다. 그가 이 작품에서 한덕문같이 매우 독특한 농민을 그려 낸 것은, 앞에서 말했듯이 바로 '새로운 나라 만들기'란 '국민의 대다수를 차지하는 농민들에게 혜택을 베푸는 나라를 만드는 일'임을 더욱더 강조하기 위한 것이라고 이해해야 합니다.

❋ 더 읽어 봅시다 ❋

해방 이후의 사회 현실을 그린 작품

허준, 〈잔등〉 _갑작스럽게 해방이 되어 만주에서 함경도를 거쳐 서울로 가던 '나'가, 패망해 쫓겨 가는 일본인들에게 대조적인 태도를 드러내는 소년과 노파를 보면서, 당시의 상황을 냉정한 시선으로 성찰하고 있다.

염상섭, 〈양과자갑〉 _영어가 부와 권력의 수단이었던 미군정기의 사회 현실을 상징적으로 비판하는 작품이다. 일제 강점기에 미국 유학을 했지만, 해방 후 미군정이 들어서서 영어를 이용해 받을 수 있는 모든 혜택을 민주주의 민족국가 건설에 일조하기 위해 포기하는 영수와, 그와 반대되는 행위를 하는 영수의 부인을 통해, 당시의 현실 상황과 지식인의 고뇌를 보여 주고 있다.

레디메이드 인생

이 작품의 주인공인 P는 동경에 있는 대학으로 유학을 다녀온 당대 최고 수준의 지식인인데 직업도 없이 빈둥거리면서 희망 없는 일상을 보내고 있습니다. 또한 아들 창선이에게 학교 교육을 시키는 대신, 아홉 살 어린 나이에 인쇄소에 취직시킵니다. 이런 P의 삶의 태도와 사고방식을 어떻게 이해해야 할까요? 작품을 찬찬히 읽으면서 한번 생각해 봅시다.

레디메이드(ready-made) 이미 만들어져 나오는. 이미 이루어진.

1

"머 어데 빈자리가 있어야지."

K사장은 안락의자에 푹신 파묻힌 몸을 뒤로 벌떡 젖히며 하품을 하듯이 시원찮게 대답을 한다. 미상불˙ 그는 두 팔을 쭉 내뻗고 기지개라도 한 번 쓰고 싶은 것을 겨우 참는 눈치다.

이 K사장과 둥근 탁자를 사이에 두고 공순히 마주 앉아 얼굴에는 '나는 선배인 선생님을 극히 존경하고 앙모합니다˙' 하는 비굴한 미소를 띠고 있는 구변˙ 없는 구변을 다하여 직업 동냥의 구걸 문구를 기다랗게 늘어놓던 P…… P는 그러나 취직 운동에

미상불(未嘗不) 아닌 게 아니라 과연.
앙모하다(仰慕--) 우러러 그리워하다.
구변(口辯) 말을 잘하는 재주나 솜씨.

백전백패의 노졸(老卒)인지라 K씨의 힘 아니 드는 한마디의 거절에도 새삼스럽게 실망도 아니한다. 대답이 그렇게 나왔으니 이제 더 졸라도 별수가 없는 것이지만 허실 삼아 한마디 더 해 보는 것이다.

"글쎄올시다, 그러시다면 지금 당장 어떻게 해 주십사고 무리하게 졸를 수야 있겠습니까마는…… 그러면 이담에 결원이 있다든지 하면 그때는 꼭……."

이렇게 말하고 P는 지금까지 외면하였던 얼굴을 돌리어 K사장을 조심성 있게 바라보았다. 그러나 K사장은 위선 고개를 좌우로 두어 번 흔들고는 여전히 하품 섞인 대답을 한다.

"결원이 그렇게 나나 어데…… 그리고 간혹가다가 결원이 난다더래도 유력한 후보자가 몇 십 명씩 밀려 있어서……."

P는 아무 말도 아니하고 고개를 숙였다. 이제는 영영 틀어진 것이다. 안녕히 계십시오 하고 일어서는 것밖에는 별수가 없다.

별수가 없이 되었으니 "네, 그렇습니까." 하고 선선히 일어서야 할 것이지만 지금까지 은근히 모시고 있던 태도에 비하여 그것이 너무 낯이 간지러운 표변임을 알기 때문에 실망이나 하는

노졸(老卒) 늙은 병사.
✤ 허실 삼아 별반 기대는 하지 않고 혹시나 하는 마음으로.
결원(缺員) 사람이 빠져 정원에 차지 않고 빔. 또는 그런 인원.
위선(爲先) 우선(于先). 먼저.
표변(豹變) 마음, 행동 따위가 갑작스럽게 달라짐. 또는 마음, 행동 따위를 갑작스럽게 바꿈.

체하고 잠시 더 앉아 있는 것이다.

"거참 큰일들 났어."

K사장은 P가 낙심해하는 것을 보고 별로 밑천이 들지 아니하는 일이라서 알뜰히 걱정을 나누어 준다.

"저렇게 좋은 청년들이 일거리가 없어서 저렇게들 애를 쓰니."

P는 속으로 코똥을 '흥' 하고 뀌었으나 아무 대답도 아니하였다. K사장은 P가 이미 더 조르지 아니하리라고 안심한지라 먼저 하품 섞어 '빈자리가 있어야지.' 하던 시원찮은 태도는 버리고 그가 늘 흉중에 묻어 두었다가 청년들에게 한바탕씩 해 들려주는 훈화를 꺼낸다.

"그렇지만 내가 늘 말하는 것인데…… 저렇게 취직만 하려고 애를 쓸 게 아니야. 도회지에서 월급 생활을 하려고 할 것만이 아니라 농촌으로 돌아가서……."

"농촌으로 돌아가서 무얼 합니까?"

K는 말 중동을 갈라 불쑥 반문하였다. 그는 기왕 취직 운동은 글러진 것이니 속 시원하게 시비라도 해 보고 싶은 것이다.

코똥 '콧방귀'의 사투리.
흉중(胸中) 마음속에 품고 있는 생각.
훈화(訓話) 교훈이나 훈시를 함. 또는 그런 말.
도회지(都會地) 사람이 많이 살고 상공업이 발달한 번잡한 지역.
중동(中-) 하던 일이나 말 따위의 중간이 되는 부분.
시비(是非) 옳고 그름을 따지는 말다툼.

"허! 저게 다 모르는 소리야……. 조선은 농업국이요, 농민이 전 인구의 팔 할이나 되니까 조선 문제는 즉 농촌 문제라고 볼 수가 있는데, 아 지금 농촌에서 할 일이 오직이나 많다구?"

"저는 그 말씀 잘 못 알아듣겠는데요. 저희 같은 사람이 농촌에 가서 할 일이 있을 것 같잖습니까."

"그럴 리가 있나! 가령 응…… 저…….'"

K사장은 응…… 저…… 하고 더듬으면서 끝내 대답을 하지 못한다. 그것은 무리가 아니다.

그가 구직하러 오는 지식 청년들에게 농촌으로 돌아가 농촌 사업을 하라는 것과 (다음에 또 꺼내는 일거리를 만들라는 것은) 결코 현실에서 출발한 이론적 근거가 있는 것이 아니었었다. 그저 지식 계급의 구직꾼이 넘치는 것을 보고 막연히 '농촌으로 돌아가라', '일을 만들어라'고 해 왔을 따름이다. 따라서 거기에 대한 구체적 플랜이 있는 것도 아니었었던 것이다. 한편으로는 한 행셋거리로, 또 한편으로는 구직꾼 격퇴의 수단으로 자룡이

할(割) 비율을 나타내는 단위. 1할은 전체 수량의 10분의 1로 1푼의 열 배이다.
오직 '오죽'의 사투리.
구직하다(求職--) 일정한 직업을 찾다.
지식 계급(知識階級) 지식층. 지적 노동에 종사하는 사회 계층. 또는 지식이나 학문, 교양을 갖춘 사람.
플랜(plan) 계획.
행셋거리(行世--) 행세하기에 좋은 재료나 소재.

헌 창 쓰듯* 썼을 뿐이지.

그리하여 그동안까지는 대개는 그 막연한 설교를 들은 성 만 성하고* 물러가는 것이 그들의 행투였었는데, 오늘 이 P에게만은 그렇지가 아니하여 불가불 구체적 설명을 해 주어야 하게 말머리가 돌아선 것이다. 그래서 그는 떠듬떠듬 생각해 가면서 생각나는 대로 주워섬기는 것이다.

"가령 응…… 저…… 문맹 퇴치 운동도 있지. 농민의 구 할은 언문도 모른단 말이야! 그리고 생활 개선 운동도 좋고…… 헌신적으로."

"헌신적으로요?"

"그렇지…… 할 테면 헌신적으로 해야지."

"무얼 먹고 헌신적으로 그런 사업을 합니까?……먹을 것이 있어서 그런 농촌 사업이라도 할 신세라면 이렇게 취직을 못해서 애를 쓰겠습니까?"

✽ 자룡이 헌 창 쓰듯 〈삼국지〉에 나오는 인물인 (조)자룡이 창(칼)을 잘 썼던 데 빗대어, 돈이나 물건을 헤프게 쓰는 경우를 비유적으로 이르는 말이다.
✽ 들은 성 만 성하고 들은 체 만 체하고.
행투 행티. 심술을 부려 남을 해롭게 하는 행위를 하는 버릇. 문맥상 '행동이나 몸가짐의 본새나 버릇'을 뜻함.
불가불(不可不) 부득불(不得不). 하지 아니할 수 없어. 또는 마음이 내키지 아니하나 마지못하여.
말머리 이야기를 할 때에 끌고 가는 말의 방향.
주워섬기다 들은 대로 본 대로 이러저러한 말을 아무렇게나 늘어놓다.
문맹 퇴치 운동 1931~34년 「동아일보」가 주축이 되어 '브나로드(v narod, 민중 속으로)' 또는 계몽 운동이라는 기치하에 전개한 전국적인 한글 교육 운동.
  기치(旗幟) 일정한 목적을 위하여 내세우는 태도나 주장.
언문(諺文) 상말을 적는 문자라는 뜻으로, '한글'을 속되게 이르던 말.

"허! 그게 안 된 생각이야…… 자기가 먹고살 재산이 있으면서 사회를 위해서 일도 아니하고 번들번들 논다는 것은 그것은 타락된 생각이야."

P는 K사장이 억담을 내세우는 것을 보고 속으로 싱그레니 웃었다.

"그렇지만 지금 조선 농촌에서는 문맹 퇴치니 생활 개선이니 합네 하고 손끝이 하얀 대학이나 전문학교 졸업생들이 몰려오는 것을 그다지 반겨하기는커녕 머릿살을 앓을 것입니다…… 농민이 우매하다든지 문화가 뒤떨어졌다든지 또 생활이 비참한 것의 근본 원인이 기역 니은을 모른다든가 생활 개선을 할 줄 몰라서 그런 것이 아니니까요. 그리고 조선의 지식 청년들이 모다 그런 인도주의자가 되여집니까?"

"되면 되지 안 될 건 무어야?"

번들번들 별로 하는 일 없이 게으름을 피우며 뻔뻔스럽고 얄밉게 놀기만 하는 모양.
타락되다(墮落--) 올바른 길에서 벗어나 잘못된 길로 빠지다.
억담 억지스럽게 하는 말.
싱그레니 싱그레. 눈과 입을 슬며시 움직이며 소리 없이 부드럽게 웃는 모양.
❋ 손끝이 하얀 거칠고 검게 그을린 농부들의 손과 달리, 육체노동을 하지 않아 하얀 (학생들의) 손을 대조적으로 일컫는 말이다.
전문학교(專門學校) 일제 강점기에, 중등학교 졸업생에게 전문적인 지식이나 기술을 가르치던 학교.
❋ 머릿살을 앓을 '골치를 앓을'의 속된 표현. '골치를 앓다'는 어떻게 하여야 할지 몰라서 머리가 아플 정도로 생각에 몰두하는 것을 이른다.
우매하다(愚昧--) 어리석고 사리에 어둡다.
인도주의자(人道主義者) 인도주의를 따르거나 주장하는 사람.
  인도주의 인간의 존엄성을 최고의 가치로 여기고 인종, 민족, 국가, 종교 따위의 차이를 초월하여 인류의 안녕과 복지를 꾀하는 것을 이상으로 하는 사상이나 태도.

"그건 인도주의란 그것이 한개 공상이니까 그렇겠지요."

"허허…… 그러면 P군은 ××주의잔가?"

"되다가 찌부러진 찌스레깁니다. 철저한 ××주의자라면 이렇게 선생님한테 와서 취직 운동도 아니합니다."

"못써! 그렇게 과격한 사상으로 기울어서야 쓰나…… 정 농촌으로 돌아가기가 싫거든 서울서라도 몇 사람 맘 맞는 사람이 모여서 무슨 일을 — 조선에 신문이 모자라니 신문을 하나 경영하든지, 또 조고맣게 하자면 잡지 같은 것도 좋고, 또 영리사업도 좋고…… 그러면 취직 운동하는 것보다 훨씬 낫잖은가?"

"졸 줄이야 압니다만 누가 돈을 내놉니까?"

"그거야 성의 있게 하면 자연 돈도 생기는 거지."

P는 엉터리없는 수작을 더 하기가 싫어 웬만큼 말을 끊고 일어섰다.

속에 있는 말을 어느 정도까지 활활 해 준 것이 시원은 하나 또 취직이 글렀구나 생각하니 입안에서 쓴침이 괴어 나온다.

××주의 사회주의. '××'는 검열로 삭제된 부분임.
찌스레기 찌꺼기. 쓸 만하거나 값어치가 있는 것을 골라낸 나머지.
영리사업(營利事業) 재산상의 이익을 위하여 경영하는 사업.
엉터리없다 정도나 내용이 전혀 이치에 맞지 않다.
수작(酬酌) 서로 말을 주고받음. 또는 그 말.
활활 옷 따위를 시원스럽게 벗어 버리거나 벗기는 모양. 여기에서는 '시원하게' 정도의 의미로 쓰임.
쓴침 마음에 없는 일을 당하여 달갑지 아니한 태도를 취할 때 삼키는 침.

복도에서 편집국장 C를 만났다. P는 C와 자별히 사이가 가까운 터였었다.

"사장 만나러 왔소?"

C가 묻는 것이다.

"아니."

P는 거짓말을 하였다. 그는 지금 K사장을 만나 거절당한 이야기를 하기가 어쩐지 창피하기도 할 뿐 아니라, 또 전부터 C더러 K사장에게 자기의 취직 운동을 부탁해 왔던 터인데 직접 이렇게 찾아와서 만났다고 하기가 혐의쩍기도 하여 시치미를 뚝 뗀 것이다.

"아주 단념하오."

C는 자기에게 부탁한 취직 운동을 단념하란 말이다. 그러면 벌써 C가 K사장에게 이야기를 하였고 그 결과 일이 틀어진 것을 P는 모르고 와서 헛노릇을 한바탕한 것이다. P는 먼저 C를 만나 보지 아니하고 K사장을 만난 것을 후회하였다. C는 잠깐 멈췄던 말을 계속한다.

"어제 아침에 사장더러 P군의 사정이 퍽 난처하니 어떻게 생각해 봐 주면 좋겠다고 여러 말을 했다가 코 떼었소. 신문사

자별히(自別-) 남보다 특별한 친분으로.
혐의쩍다(嫌疑--) 혐의스럽다. 꺼리고 미워할 만한 데가 있다.
✽ **코 떼었소** 문맥상 '무안을 당했소', '핀잔을 들었소' 정도의 의미이다.

가 구제 기관이 아닌데 남의 사정 난처한 것을 어떻게 하라느냐고 그럽디다…… 하기야 그게 옳은 말이지만."

신문사가 구제 기관이 아니라고 한다는 그 말이 P의 머리에는 침 끝으로 찌르는 것같이 정신이 들게 울리었다.

"훙! 망할 자식들!"

P는 혼자말로 이렇게 두덜거리며 C와 작별도 아니하고 밖으로 나와 버렸다.

2

P는 광화문 네거리의 기념비각(紀念碑閣) 옆에서 발길을 멈추고 망설였다. 어디로 갈까 하는 것이다.

봄 하늘이 맑게 개었다. 햇볕이 살이 올라 포근히 온몸을 싸고돈다. 덕석 같은 겨울 외투를 벗어 버리고 말쑥말쑥하게 새로 지은 경쾌한 춘추복의 젊은이들이 봄볕처럼 명랑하게 오고 가고 한다.

구제 기관(救濟機關) 자연적인 재해나 사회적인 피해를 당하여 어려운 처지에 있는 사람을 도와주는 기구나 조직.
두덜거리다 남이 알아듣기 어려울 정도의 낮은 목소리로 자꾸 불평을 하다.
기념비각(紀念碑閣) 기념비를 보존하기 위해 크고 높다랗게 지은 집.
✽ 햇볕이 살이 올라 본래 '살이 오르다'는 '몸 따위에 살이 많아지다'라는 뜻으로, 이 구절은 '햇볕이 더욱 따사로워졌음'을 비유적으로 일컫는다.
덕석 '멍석'의 사투리. 짚으로 새끼줄을 만들어 네모꼴로 엮어 만든 큰 깔개.

멋쟁이로 차린 여자들의 목도리가 나비같이 보드랍게 나부낀다. 그 오동보동한 비단 다리를 바라다보노라니 P는 전에 먹던 치킨 커틀릿 생각이 났다.

창을 활활 열어젖힌 전차 속의 봄 사람들을 보니 P도 전차를 잡아타고 교외나 나가고 싶었다. 그러나 크림 맛을 못 본 지 몇 달이 된 낡은 구두, 고기작거린 동복 바지, 양편 포켓이 오뉴월 쇠불알같이 축 처진 양복저고리, 땟국 묻은 와이셔츠와 배배 꼬인 넥타이, 엿장수가 이 전어치 주마던 낡은 모자, 이렇게 아래로부터 훑어 올려 보며 생각하니 교외의 산보는커녕 얼른 돌아가서 차라리 이불을 뒤쓰고 드러눕고만 싶었다.

마침 기념비각 앞에 자동차 하나가 머무르더니 서양 사람 내외가 내린다. 그들은 사내가 설명을 하고 여자가 듣고 하면서 기념비각을 앞뒤로 구경한다. 여자는 사진까지 찍는다.

대원군이 만일 이 꼴을 본다면…… 이렇게 생각하매 P는 저절로 미소가 입가에 떠올랐다.

오동보동하다 몸이나 얼굴이 살져 통통하고 매우 보드랍다.
커틀릿(cutlet) 소, 돼지, 닭 따위의 고기를 납작하게 썰거나 다져서 그 위에 빵가루를 묻혀 기름에 튀긴 요리.
✤ 크림 맛을 못 본 지 몇 달이 된 낡은 구두 여기에서의 '크림'은 '구두약'을 뜻하며, 따라서 이 구절은 '구두약을 칠하지 않아 더욱이 낡아 버린 구두'를 의미한다.
고기작거리다 고김살이 생기게 자꾸 고기다.
  고김살 종이나 천 등의 얇은 물체가 비벼지거나 접혀져서 생긴 잔금.
✤ 대원군이 만일 이 꼴을 본다면 외국과의 통상 수교를 거부하고 쇄국 정책을 고수한 대원군이 조선의 전통과 권위를 상징하는 기념비각 앞에서 서양 여자가 사진까지 찍는 것을 본다면, 얼마나 치를 떨며 분노할지 상상만 해도 짐작할 수 있다는 의미이다.

3

대원군은 한말(韓末)의 돈키호테였었다. 그는 바가지를 쓰고 벼락을 막으려 하였다. 바가지는 여지없이 부스러졌다. 역사는 조선이라는 조그마한 땅덩이나마 너무 오래 뒤떨어뜨려 놓지 아니하였다.

갑신정변에 싹이 트기 시작하여 가지고 일한 합방의 급격한 역사 변천을 거치어 자유주의의 사조는 기미년에 비로소 확실한 걸음을 내어디디었다. 자유주의의 새로운 깃발을 내어건 '시민'의 기세는 등등하였다.

"양반? 흥! 누구는 발이 하나길래 너희만 양발(반)이라느냐?"

"법률의 앞에서는 만인이 평등이다."

한말(韓末) 대한 제국(1897~1910)의 마지막 시기.
돈키호테 에스파냐의 작가 세르반테스가 지은 동명 소설의 주인공으로, 현실과 동떨어진 이상주의자이자 과대망상에 빠진 인물이다.
갑신정변(甲申政變) 조선 고종 21년(1884)에 김옥균, 박영효 등의 개화당이 민씨 일파를 몰아내고 혁신적인 정부를 세우기 위하여 일으킨 정변. 거사 이틀 후에 민씨 등의 수구당과 청나라 군사의 반격을 받아 실패로 돌아갔다.
자유주의(自由主義) 17~18세기에 주로 유럽의 신흥 시민 계급에 의하여 주장된 시민적·경제적 자유와 민주적인 여러 제도의 도입을 요구하는 사상이나 운동. 로크, 루소, 벤담, 밀 등이 주장하였으며, 미국과 프랑스 혁명의 원동력이 되었다.
사조(思潮) 한 시대의 일반적인 사상의 흐름.
기미년(己未年) 3·1 운동이 있었던 1919년.
시민(市民) 여기에서는 부르주아, 즉 근대 사회에서 생산 수단을 소유하고 노동자를 고용하여 이윤을 얻는 '자본가 계급'에 속하는 사람을 가리킴.
❦ **누구는 발이 하나길래 너희만 양발(반)이라느냐** '양반'을 '양발(兩-)', 즉 '두 발'이라고 표현하면서 양반 계급을 조롱하는 말이다.

"돈…… 돈이 있으면 무어든지 할 수 있다."

신흥 부르주아지는 민주주의의 간판을 이용하여 노동자, 농민의 등을 어루만지고 경제적으로 유력한 봉건 귀족과 악수를 하는 동시에 지식 계급을 대량으로 주문하였다.

유자천금(遺子千金)이 불여교자일권서(不如敎子一卷書)라는 봉건 시대의 진리가 자유주의의 세례를 받아 일단의 더 발전된 얼굴로 민중을 열광시키었다.

"배워라. 글을 배워라…… 지식만 있으면 누구나 양반이 되고 잘살 수가 있다."

이러한 정열의 외침이 방방곡곡에서 소스라쳐 일어났다.

신문과 잡지가 붓이 닳도록 향학열을 고취하고 피가 끓는 지사(志士)들이 향촌으로 돌아다니며 삼촌(三寸)의 혀를 놀려 권학(勸學)을 부르짖었다.

부르주아지 자본가 계급.
❋ 지식 계급을 대량으로 주문하였다 시장에 내다 팔 상품을 공장에 주문하여 생산하듯이, 지식 계급 역시 한꺼번에 많은 수를 물건처럼 만들어 냈다는 의미이다.
❋ 유자천금(遺子千金)이 불여교자일권서(不如敎子一卷書) 자식에게 많은 돈을 남기는 것은 한 권의 책을 가르치는 것만 같지 못하다.
세례(洗禮) 기독교에서 입교하는 사람에게 모든 죄악을 씻을 표시로 베푸는 의식.
일단(一段) 한 계단.
향학열(向學熱) 배움에 뜻을 두어 그 길로 나아가려는 열의.
지사(志士) 나라와 민족을 위하여 제 몸을 바쳐 일하려는 뜻을 가진 사람.
향촌(鄕村) 시골의 마을.
❋ 삼촌(三寸)의 혀 세 치의 길이밖에 안 되는 혀. 중국 춘추 전국 시대 모수(毛遂)라는 사람이, 세 치의 혀로 초나라로 하여금 구원병 20만을 파견하게 했다는 고사에서 나온 말이다.
권학(勸學) 학문에 힘쓰도록 권함.

"배워라. 배워야 한다. 상놈도 배우면 양반이 된다."

"가르쳐라. 논밭을 팔고 집을 팔아서라도 가르쳐라. 그나마도 못하면 고학이라도 해야 한다."

"공자왈 맹자왈은 이미 시대가 늦었다. 상투를 깎고 신학문을 배워라."

"야학을 실시하여라."

재등(齋藤) 총독이 문화 정치의 간판을 내어걸고 골골이 학교를 증설하였다.

보통학교의 교장이 감발을 하고 촌으로 돌아다니며 입학을 권유하였다. 생도에게는 월사금을 받기는커녕 교과서와 학용

고학(苦學) 학비를 스스로 벌어서 고생하며 배움.
✤ 공자왈 맹자왈은 이미 시대가 늦었다 전통적인 유교의 가르침은 새로운 시대의 지침이 될 수 없다는 의미이다.
야학(夜學) '야간 학교'를 줄여 이르는 말. 여기에서는 '정규 학교에 다니지 못하는 사람들을 대상으로 야간에 수업을 실시하는 교육 기관'을 뜻함.
재등 총독(齋藤總督) 사이토 마코토(1858~1936). 일본의 군국주의자. 조선 총독 취임 시 식민지 통치 방법을 '무단 정치'에서 '문화 정치'로 전환했다. 그러나 헌병을 경찰이라는 이름으로 바꾸었을 뿐 병력을 증가했고 많은 지식인을 변절시켰으며 위장된 자치론을 이용해 독립운동 방향에 혼선을 빚게 했다.
문화 정치(文化政治) 무력 따위의 힘을 쓰지 않고 교화로써 다스리는 정치. 3·1 운동 이후 무력만으로는 우리나라를 지배하기가 어렵다는 것을 깨달은 일제가 그때까지의 무단 통치 방식 대신 새로 내세운 식민지 통치 방식이다.
골골이 1. 골짜기마다. 2. 고을고을마다.
보통학교(普通學校) 일제 강점기에, 우리나라 사람들에게 초등 교육을 하던 학교. 처음에는 4년제였으나 6년제로 바뀌었다.
감발 버선이나 양말 대신 발에 감는 좁고 긴 무명천. 주로 먼 길을 걷거나 막일을 할 때 씀.
✤ 감발을 하고 여기에서는 '부지런히', '열심히'를 뜻한다.
생도(生徒) 중등학교 이하의 학생을 이르던 말.
월사금(月謝金) 다달이 내던 수업료.

품을 대어 주었다.

　민간의 유지는 돈을 걷어 학교를 세웠다. 민립 대학도 생기려다가 말았었다. 청년회에서 야학을 설시하였다. 갈돕회가 생겨 갈돕만주 외우는 소리가 서울에 신풍경을 이루었고 일반은 고학생을 존경하였다.

　여학생이라는 새 숙어가 생기고 신여성이라는 새 여인이 생겨났다.

　이와 같이 조선의 관민이 일치되어 민중의 지식 정도를 높이는 데 진력을 하였다. 즉 그들 관민이 일치하여 계획한 조선의 문화 정도는 급도로 높아 갔다.

　그리하여 민중의 지식 보급에 애쓴 보람은 나타났다.

　면 서기를 공급하고 순사를 공급하고 군청 고원을 공급하고

민간(民間) 일반 백성들 사이.
유지(有志) 1. 마을이나 지역에서 명망 있고 영향력을 가진 사람. 2. 어떤 일에 뜻이 있거나 관심이 있는 사람.
민립 대학(民立大學) 1922년 일제가 공포한 조선 교육령에 따라 관립 경성 제국 대학 설립에 대응하여 이상재를 비롯한 민족주의자들이 민족 교육과 민족 간부 양성을 목적으로 세우려 했던 대학.
설시하다(設施--) 시설하다. 도구, 기계, 장치 등을 베풀어 설비하다.
갈돕회 1920년 경성에서 조직된 고학생 단체로 국내와 일본 동경에서 유학하던 학생 자치단체. 회원들의 학비와 생활비를 마련하기 위해 순회 연극단을 조직하였다.
갈돕만주 갈돕회에서 학비와 생활비 마련을 위해 팔던 만두. '만주'는 '만두'의 일본식 발음.
관민(官民) 공무원과 민간인을 아울러 이르는 말.
진력(盡力) 있는 힘을 다함. 또는 낼 수 있는 모든 힘.
급도로(急度-) 문맥상 '급하게, 시간의 여유가 없어 일을 서두르거나 다그쳐 매우 빠르게'를 뜻함.
순사(巡査) 일제 강점기에 둔, 경찰관의 가장 낮은 계급. 또는 그 계급의 사람. 지금의 순경에 해당한다.
고원(雇員) 관청에서 사무를 돕기 위하여 두는 임시 직원.

간이 농업 학교 출신의 농사 개량 기수(技手)를 공급하였다.

은행원이 생기고 회사 사원이 생겼다. 학교 교원이 생기고 교회의 목사가 생겼다.

신문 기자가 생기고 잡지 기자가 생겼다. 민중의 지식 정도가 높았으니 신문 잡지 독자가 부쩍 늘고 의사와 변호사의 벌이가 윤택하여졌다.

소설가가 원고료를 얻어먹고 미술가가 그림을 팔아먹고 음악가가 광대의 천호(賤號)에서 벗어났다.

인쇄소와 책 장수가 세월을 만나고 양복점 구둣방이 늘비하여졌다.

연애결혼에 목사님의 부수입이 생기고 문화 주택을 짓느라고 청부업자가 부자가 되었다. 그리하여 부르주아지는 '가보'를 잡고 공부한 일부의 지식꾼은 진주(다섯 끗)를 잡았다.

그러나 노동자와 농민은 무대를 잡았다.* 그들에게는 조선의

개량(改良) 나쁜 점을 보완하여 더 좋게 고침.
기수(技手) 기술자.
천호(賤號) 업신여겨 푸대접하여 부르는 이름.
늘비하다 질서 없이 여기저기 많이 늘어서 있거나 놓여 있다.
문화 주택(文化住宅) 생활하기에 편리하고 보건 위생에 알맞은 새로운 형식의 주택.
청부업자(請負業者) 어떤 일을 완성하고 그 일의 결과에 대하여 보수를 받는 일을 하는 사람.
가보 노름판에서, 아홉 끗을 일컫는 일본어.
무대(武大) 골패나 투전에서, 열 끗이나 스무 끗으로 꽉 차서 쓸 끗수가 없어진 경우를 이르는 말.
✤ 부르주아지는 '가보'를 잡고 ~ 노동자와 농민은 무대를 잡았다 노름판에서 각각 아홉 끗 잡은 사람, 다섯 끗 잡은 사람, 끗이 없는 패를 잡은 사람처럼 부르주아지가 사회적·경제적으로 가장 유리한 지위에 놓였고, 지식 계급 중 일부가 그다음 지위를 보장받았으며, 노동자와 농민은 아무런 혜택도 받지 못했다는 뜻이다.

문화의 향상이나 민족적 발전이나가 도리어 무거운 짐을 지워 주었을지언정 덜어 주지는 아니하였다. 그들은 배〔梨〕 주고 속 얻어먹은 셈이다.

(원문에서 20자가량 삭제됨)

인텔리······ 인텔리 중에도 아무런 손끝의 기술이 없이 대학이나 전문학교의 졸업증서 한 장을, 또는 그 조그마한 보통 상식을 가진 직업 없는 인텔리······ 해마다 천여 명씩 늘어 가는 인텔리······ 뱀을 본 것은 이들 인텔리다.

부르주아지의 모든 기관이 포화 상태가 되어 더 수요가 아니 되니 그들은 결국 꼬임을 받아 나무에 올라갔다가 흔들리는 셈이다. 개밥의 도토리다.

인텔리가 아니되었으면 차라리(원문에서 7~8자가량 삭제됨) 노동자가 되었을 것인데, 인텔리인지라 그 속에는 들어갔다가도 도로 달아나오는 것이 99%다. 그 나머지는 모두 어깨가 축

✤ 배〔梨〕 주고 속 얻어먹은 셈 자기의 배〔梨〕를 남에게 주고, 다 먹고 난 그 속을 얻어먹는 셈이라는 뜻으로, 자기의 큰 이익은 남에게 주고 거기서 조그만 이익만을 얻음을 비유적으로 이르는 말이다.

인텔리(intelligentsia) 지식층.

✤ 뱀을 본 것은 문맥상 '크게 봉변을 당한 사람은'을 뜻한다.

포화 상태(飽和狀態) 더 이상의 양을 수용할 수 없이 가득 찬 형편.

수요(需要) 어떤 재화나 용역을 일정한 가격으로 사려고 하는 욕구. 여기에서는 '필요로 됨'을 뜻함.

✤ 개밥의 도토리 개는 도토리를 먹지 아니하기 때문에 밥 속에 있어도 먹지 아니하고 남긴다는 뜻에서, 따돌림을 받아서 여럿의 축에 끼지 못하는 사람을 비유적으로 이르는 말이다.

처진 무직 인텔리요, 무기력한 문화 예비군 속에서 푸른 한숨만 쉬는 초상집의 주인 없는 개들이다. 레디메이드 인생이다.

4

"제길!"

P는 혼자 두덜거리며 지금까지 서 있던 기념비각 옆을 떠났다.

(원문에서 80자가량 삭제됨)

P는 자기 자신이고 세상의 모든 일이고 모두 짜증이 나고 원수스러웠다.

광화문 큰 거리를 총독부 쪽으로 어슬어슬 걸어가노라니 그의 그림자가 짤막하게 앞에 누워 간다. P는 그 자기 그림자를 콱 밟고 싶었다. 그러나 발을 내어디디면 그림자도 그만큼 앞으

무직(無職) 일정한 직업이 없음.
문화 예비군(文化豫備軍) '예비군', 즉 군대에서 예비로 갖추어 두는 병력처럼, 문화적인 면에서 당장 필요지는 않아 자기가 할 만한 일이 나타나기를 기다리는 남아도는 인력.
✤ 초상집의 주인 없는 개 먹을 것이 없어서 이 집 저 집 돌아다니며 빌어먹는 사람이나 궁상이 끼고 초췌한 꼴을 한 사람을 비유적으로 이르는 말이다.
총독부(總督府) 식민지를 다스리기 위하여 설치하는 최고 행정 기관으로, 총독이 이곳에서 정무를 맡아보았다. 일본의 조선 총독부는 현재의 광화문과 경복궁 근정전 사이에 있었는데, 1995년에 완전히 해체되었다.
어슬어슬 어슬렁어슬렁.

로 더 나가곤 한다. 이 그림자와 자기 자신에서 그리고 그림자를 밟으려는 자기 자신과 앞으로 달아나는 그림자에서 P는 자기의 이중인격의 모순상(相)을 발견하였다.

동십자각 옆에까지 온 P는 그 건너편 담배 가가 앞으로 갔다.

"담배 한 갑 주시오."

하고 돈을 꺼내려니까 담배 가가 주인이

"네, 마콥니까?"

묻는다.

P는 담배 가가 주인을 한 번 거듭떠보고 다시 자기의 행색을 내려 훑어보다가 심술이 버쩍 났다. 그래서 잔돈으로 꺼내려는 것을 일부러 일 원짜리로 꺼내려는데 담배 가가 주인은 벌써 마코 한 갑 위에다 성냥을 받쳐 내어민다.

"해태 주어요."

P는 돈을 들여밀면서 볼먹은 소리를 질렀다. 그러나 담배 가

이중인격(二重人格) 겉과 속이 다른 경우를 비유적으로 이르는 말. 한 사람 안에 두 개 또는 그 이상의 성격이 동시에 존재하는 것을 이르는 말.
모순상(矛盾相) 모순된 모습. 여기에서는 '이러지도 저러지도 못하는 상태'를 뜻함.
동십자각(東十字閣) 서울 종로구 세종로에 있는 망루(望樓). 이 목조 누각은 1867년(고종 4년) 경복궁 복원 당시에 세워졌으며, 원래 망루를 오르는 계단이 있었으나 일제 강점기 때 조선 총독부를 건립하면서 철거되었다.
가가(假家) '가게'의 원말.
마코 담배 이름 중의 하나.
거듭떠보다 '거들떠보다'의 사투리.
행색(行色) 겉으로 드러나는 차림이나 태도.
해태 담배 이름 중의 하나.
볼먹다 볼메다. 말소리나 표정에 성난 기색이 있다.

레디메이드 인생

가 주인은 그저 무신경하게 '네.' 하고는 마코를 해태로 바꾸어 주고 팔십오 전을 거슬러 준다.

P는 저편이 무렴해하지 아니하는 것이 더욱 얄미웠다.

그는 해태 한 개를 꺼내어 붙여 물고 다시 전찻길을 건너 개천가로 해서 올라갔다. 이제는 포켓 속에 남은 것이 꼭 삼 원하고 동전 몇 푼이다. 엊그제 겨울 외투를 사 원에 잡혀서 생긴 것이다.

방세와 전깃불값이 두 달 치나 밀리었다. 삼 원은 방세 한 달 치를 주고 일 원에서 전등삯 한 달 치를 주고도 싶었으나 그러고 나면 그 나머지로 설렁탕이나 호떡을 사 먹어도 하루밖에는 못 지낸다. 그래 그대로 넣어 두고 한 이틀 지내는 동안에 일 원이 거진 달아났던 판인데 공연한 객기를 부리느라고 당치도 아니한 해태를 샀기 때문에 이제는 일 원 돈은 완전히 달아나고 삼 원만 남은 것이다.

P는 포켓 속에 손을 넣고 잔돈과 지폐를 섞어 삼 원 남은 돈을 만지작거렸다. 그러면서 왼편 손으로는 손가락을 꼽아 가며

무렴하다(無廉--) 염치가 없다. 염치가 없음을 느껴 마음이 부끄럽고 거북하다.
✤ P는 저편이 무렴해하지 아니하는 것이 더욱 얄미웠다 담배 가게 주인이 P의 행색을 보고 해태라는 비싼 담배를 살 돈이 없을 거라 지레짐작하여 물은 말도 기분 나빴지만, P가 해태를 달라고 하는데도 먼저 짐작으로 물었던 말을 부끄럽게 여기거나 미안해하지 않는 것이 더욱 기분 나빴다는 것을 의미한다.
✤ 겨울 외투를 사 원에 잡혀서 봄이 되어 당장 입지 않아도 되는 겨울 외투를 전당포에 맡기고 사 원을 받아서.
객기(客氣) 쓸데없이 부리는 혈기(血氣)나 용기.

삼 원을 곱쟁이 쳐 보았다.

육 원 십이 원 이십사 원 사십팔 원 구십육 원 백구십이 원 팔원 모자라는 이백 원…… 사백 원 팔백 원 일천육백 원 삼천이백 원 육천사백 원 일만 이천팔백 원. 팔백 원은 떼어 버리고 이만사천 원 사만팔천 원 구만육천 원 십구만이천 원 삼십팔만사천 원 칠십육만팔천 원 일백오십삼만육천 원…….

삼 원을 열여덟 번만 곱집으면 일백오십만 원이 된다. 일백오십만 원 그놈이 있으면…… 이렇게 생각하매 어깨가 으쓱해졌다.

삼 원의 열여덟 곱쟁이가 일백오십만 원이니 퍽 쉬운 일이다…… 그놈만 있으면 백만 원을 들여서 오십 전짜리 십육 페이지 신문을 하나 했으면 위선 K사장의 엉엉 우는 꼴을 볼 수가 있을 것이다.

그러나 아쉬운 대로 십오만 원만 있어도, 일만오천 원 아니 일천오백 원만 있어도, 아니 일백오십 원만 있어도, 십오 원만 있어도 위선 방세와 전등삯을 주고 한 달은 살아가겠다.

P는 한숨을 내쉬었다. 한 달? 한 달만 살고 나면 그다음은 어떻게 하나?……그래도 몇 백 원은 있어야지, 아니 몇 천 원은 아니 몇 만 원은…….

곱쟁이 '곱절'을 속되게 이르는 말. 일정한 수나 양이 그 수만큼 거듭됨을 이르는 말.
곱집다 '곱치다'의 사투리. 곱절을 하거나 곱절로 잡아 셈하다.

P는 늘 하는 버릇으로 이런 터무니없는 공상을 되풀이하였다. 그는 최근 이러한 공상을 하면서부터 취직을 시들하게 여겼다.

취직이 된댔자 사오십 원이나 오륙십 원의 월급이다. 그것을 가지고 빠듯빠듯 살아간들 무슨 아기자기한 재미가 있을 턱도 없는 것이다.

가령 근실히 해서 월괘저금 같은 것도 하고 집도 장만하고 여편네도 생기고 사장이나 중역들의 눈에 들어 지위도 부장쯤으로는 올라가고, 그리하여 생활의 근거도 안정이 되고 하면 지금 같은 곤란은 당하지 아니하겠지만, 그러나 P에게는 아직도 젊은 때의 야심이 있어 그러한 고식된 안정이나 명색 없는 생활은 도리어 피하고 싶었던 것이다. 좀 더 남의 눈에 띄고 좀 더 재미있고 그리고 자유로운 생활.

물론 그는 지금이라도 누가 한 달에 삼십 원만 줄 테니 와서 일을 해 달라면 마치 주린 개가 고기를 보고 덤비듯이 덮어놓고 덤벼들 것이다. 그러나 속으로는 그와 딴판으로 배포를 부리고

시들하다 1. 풀이나 꽃 따위가 시들어서 생기가 없다. 2. 대수롭지 않다. 3. 마음에 차지 않아 내키지 않다. 여기에서는 3의 의미로 쓰임.
근실히(勤實 -) 부지런하고 진실하게.
월괘저금 매월 정해 놓고 하는 저축.
중역(重役) 회사의 중요한 임무를 맡은 임원을 통틀어 이르는 말. 사장, 이사, 감사 따위를 이른다.
고식(姑息) 잠시 숨을 쉰다는 뜻으로, 우선 당장에는 탈이 없고 편안하게 지냄을 비유적으로 이르는 말.
✤ 명색 없는 쓸모 없는. 쓸 데 없는. 그럴 듯한 실속이 없는.
배포(排布/排鋪) 머리를 써서 일을 조리 있게 계획함. 또는 그런 속마음.

있는 것이다.

P가 삼청동으로 올라가느라고 건춘문 앞까지 이르렀을 때 저편에서 말쑥하게 몸치장을 한 여자 하나가 마주 내려왔다.

역시 삼청동 근처에 사는 여자인지 P와는 가끔 마주치는 여자다.

P는 그 여자와 만날 때마다 일부러 눈 익혀보지 않는 체는 하면서도 실상은 고비샅샅 관찰을 하였고, 그리고 속으로는 연애라도 좀 했으면 하던 터이었었다. 무엇보다도 동그스름한 얼굴에 이목구비가 모두 모지지 아니하고 얼굴의 윤곽이 둥글듯이 모가 나지 아니한 것, 그래서 맘자리도 그렇게 둥글려니 하는 것이 P의 마음을 끈 것이다.

그 여자는 자주 만나는 이 헙수룩한 양복쟁이 — P를 먼빛으로도 알아보았는지 처녀다운 조심스런 몸매로 길을 가로 비껴 가까이 왔다.

P는 고개를 꼿꼿이 쳐들고 앞만 쳐다보면서도 속으로는

'저 여자가 지금 내 옆으로 다가와서 조그만 소리로 정답게 구애를 한다면? 사뭇 들여 안긴다면?⋯⋯ 어쩔꼬?'

이런 생각을 하면서 히죽이 웃는데 여자는 벌써 지나쳐 버

건춘문(建春門) 서울 경복궁의 동쪽 문.
고비샅샅 구석구석마다 샅샅이.
헙수룩하다 옷차림이 어지럽고 허름하다.
구애(求愛) 이성에게 사랑을 구함.

렸다.

"흥! 어쩌긴 무얼 어째?…… 이년아, 일없다는데 왜 이래! 하고 발길로 칵 차 내던지지."
하고 P는 어깨를 으쓱하였다.

삼청동 꼭대기에 있는 집 — 집이 아니라 사글세로 든 행랑방 — 에 돌아왔다. 객지에 혼자 있으니 웬만하면 하숙에 있을 것이로되 방값이 밀리고 그것에 졸릴 것이 무서워 P는 방을 얻어 가지고 있던 것이다.

먹는 것이야 수중에 돈이 있는 데에 따라 호떡도 설렁탕도 백화점의 런치도, 그러잖고 몇 끼씩 굶기도 하여 대중이 없었다.

볕 구경을 잘 못해서 겨울에도 곰팡이가 슬고 이불을 며칠씩 그대로 펴 두는 방바닥에서는 먼지가 풀신풀신 올랐다.

하도 어설퍼 앉으려고도 아니하고 방 가운데 우두커니 서서 있노라니까 안방문 여닫는 소리가 들리며 주인 노파가 나와서 캑 하고 기침을 한다. P는 또 방세 졸릴 일이 아득하였다.

그러나 노파는 방세보다도 위선 편지 한 장을 들이밀어 준다. 고향의 형에게서 온 것이다.

사글세(--貰) 월세.
행랑방(行廊房) 대문간에 붙어 있는 방.
객지(客地) 자기 집을 멀리 떠나 임시로 있는 곳.
대중 1. 대강 어림잡아 헤아림. 2. 어떠한 표준이나 기준.
풀신풀신 풀썩풀썩. 연기나 먼지 따위가 자꾸 조금씩 뭉키어 일어나는 모양.
어설프다 여기에서는 '어수선하다'라는 의미로 쓰임.

편지를 뜯어 읽고 난 P는 말가웃〔一斗半〕이나 되게 큰 한숨을 푸 내쉬었다. 그러고는 편지를 박박 찢어 버렸다.

5

편지의 요건은 P의 아들에 관한 것이다.

P에게는 연전에 갈린 아내와 사이에 생긴 창선이라는 아들이 있다. 금년에 아홉 살이다.

아내와 갈릴 때에 저편에서 다만 어린애만이라도 주었으면 그것을 데리고 길러 가는 재미로 혼자 사는 세상에 낙을 붙이겠다고 사정하였다. 그리고 적어도 중학까지는 마치게 하겠다는 것이었다. 그렇게 했으면 P도 한 짐을 덜었을 것이다. 그러나 그는 듣지 아니하였다.

어릴 적부터 소박데기 어미의 손에서 아비의 원망과 푸념을 들어 가면서 자란 자식은 자란 뒤에 그 아비에게 호감을 가지지

말가웃 한 말 반 정도의 분량. '가웃'은 수량을 나타내는 표현에 사용된 단위의 절반 정도 분량의 뜻을 더하는 접미사.
요건(要件) 긴요한 일이나 안건.
연전(年前) 몇 해 전.
갈리다 문맥상 '갈라서다, 이혼하다'의 의미임.
소박데기(疏薄--) 남편에게 소박을 당한 여자를 낮잡아 이르는 말.
　소박(疏薄) 처나 첩을 인정 없이 모질게 대함.
푸념 마음속에 품은 불평을 늘어놓음. 또는 그런 말.

못한다. P는 자식을 꼭 찾고 싶은 것은 아니나 아무튼 장성하면 아비라고 찾아올 터인데 그때에 P는 이미 늙고 자식은 팔팔하게 젊은 놈이 옛날에 제 어미를 소박한 아비라서 아니꼽게 군다면 그것은 차마 못 당할 노릇이다.

　이러한 생각으로 P는 창선이를 내주지 아니한 것이다. 그러나 빼앗아 놓고 보니 이제 겨우 네댓 살밖에 아니 먹은 것을 자기 손으로 어찌할 수가 없다. 그리하여 할 수 없이 어렵사리 지내는 그 형에게 맡기어 놓고 다시 서울로 올라온 것이다. 보통학교에 다닐 나이가 되면 서울로 데려오겠다고 해 두고.

　P의 형은 작년에 조카를 보통학교에 입학시키었다. 그러나 극빈 축에 드는 집안인지라 몇 푼 아니되는 월사금과 학비를 대지 못하여 중도에 퇴학시키었다. 애초에 입학시킬 상의로 P에게 편지를 했을 때에 P는 공부 같은 것은 시켰자 소용이 없으니 차라리 뼈가 보드라운 때부터 생일(노동)을 시키라고 하였다. P의 형은 그러나 백부의 도리로나 집안의 체면으로나 창선이를 생일을 시킬 수가 없었다. 차라리 자기 손에 두어 헐벗기고 헐입히면서 공부도 시키지 못하느니 제 아비인 P더러 데려가라고 작년부터 편지를 하던 것이다.

장성하다(長成--) 자라서 어른이 되다.
상의(相議/商議) 어떤 일을 서로 의논함.
생일(生-) 특별한 지식이 필요 없는, 몸으로 하는 일.
백부(伯父) 큰아버지.

금년도 입학 시기가 당하매 P의 형은 P에게 누차 편지를 하였다. 금년에 입학을 시키지 못하면 명년에는 학령이 초과되어 들여 주지 아니할 것이니 어서 데려다가 공부를 시키라는 것이다.

"그 어린것이 굶기를 먹듯 하고 재주는 있으면서 남의 집 아이들이 학교에 다니는 것을 부러워하는 꼴은 차마 애처로와 볼 수가 없다. 차라리 이 꼴 저 꼴 보지 않는 것이 속이나 편하겠다."

이번 편지에는 이러한 구절이 있고 끝에 가서

"여비가 몇 원 변통되면 차를 태우고 전보를 칠 테니 정거장에 나와 데려가거라. 나도 웬만하면 객지에 혼자 있는 너에게 어린 자식을 떠맡기듯이 보내겠느냐마는 잘못하다가 그것을 굶겨 죽이겠기에 생각다 못하여 단행하는 것이다."

이러한 말이 씌어 있었다.

P는 박박 찢은 편지를 돌돌 뭉쳐 방구석에 내던지고 한숨을 푸 내쉬었다.

이제는 자식을 데리고 있기가 피할 수 없이 되었는데, 어떻게 했으면 좋을까 하는 것이다. 그는 형이 원망스럽고 아니꼬웠다.

누차(屢次/累次) 여러 차례. 여러 차례에 걸쳐.
명년(明年) 올해의 다음. 내년.
학령(學齡) 보통학교(초등학교)에 들어가야 할 나이.
✽ 굶기를 먹듯 하고 '굶기를 부잣집 밥 먹듯 한다'는 속담에서 나온 말로, 자주 굶는다는 의미이다.
변통되다(變通--) 돈이나 물건 따위가 융통되다.
단행하다(斷行--) 결단하여 실행하다.

굳이 제 아비를 따라 보낸다는 것이 아니라 부득부득 공부를 시키려는 것 때문이다. 기왕 서울로 보내나 시골서 데리고 있으나 고생시키기는 일반이니 차라리 시골서 일찍부터 생일이나 시켰으면 P에게는 여러 가지로 좋을 것이었다.

"흥! 체면! 공부! 죽여도 인텔리는 만들잖는다."

P는 혼자 이렇게 두덜거렸다.

"집에서 온 편지유? 무슨 걱정이 생겼수?"

말거리를 찾지 못하여 머뭇거리고 섰던 안방 노인이 동정이나 하는 듯이 이렇게 묻는다.

"아니요."

P는 마지못해 코대답˙을 하였다.

"필경˙ 무슨 걱정이 생긴 게구려!"

노인은 자기의 말거리를 만들려고 아니라는데도 이렇게 걱정을 내어놓는다.

"그게 모다˙ 가난한 탓이지…… 저렇게 젊고 똑똑한 이가 저게 모다 가난한 탓이야! 어데 구실(직업) 자리 말한다더니 아직 아니됐수?"

"네, 아직……."

"거 큰일 났구려! 어서 돼야 할 텐데…… 나도 꼭 죽겠수……

코대답(-對答) 탐탁하지 아니하거나 대수롭지 아니하게 여겨 건성으로 하는 대답.
필경(畢竟) 끝장에 가서는.
모다 '모두'의 옛말.

이 늙은것이!…… 돈 좀 마련되잖았수?……."

"네, 아직 좀……."

"저걸 어쩌나! 오늘은 물값이야 전깃불값이야 사뭇 받으러 달려들 텐데!"

"메칠만 더 미루십시오. 설마하니 마나님이야 아니 드리겠습니까……."

"아무렴! 실수야 없을 줄 알지만 내가 하도 옹색하니깐 그러는 거지……."

P는 노인이 지껄이게 두어 두고 혼자 생각하였다. 전에 아는 집에서 셋방을 얻어 들었을 때에는 두 달이고 석 달이고 세가 밀려도 조르는 법이 없었다.

밀려도 조르지 아니하는 아는 집…… 이것이 P는 도리어 미안해서 이곳으로 옮겨 온 것이다. 옮겨 와 가지고 막상 졸림질을 당하니 미안해도 졸리지는 아니하던 옛 집이 그리워지는 것이다.

노인이 문을 가로막고 서서 수다스런 소리로 더 지껄이려고 하는데 마침 P의 동무 M과 H가 찾아왔다.

"어데 나가나?"

M이 그러잖아도 벌씸한 코를 한 번 더 벌씸하고 사이 벌어진 앞니를 내어보이며 싱끗 웃는다.

옹색하다(壅塞--) 형편이 넉넉하지 못하여 생활에 필요한 것이 없거나 부족하다.
졸림질 끈덕지게 무엇을 자꾸 요구당하는 일.
벌씸하다 벌씸거리다. 입, 코 같은 신축성이 있는 물체가 크게 자꾸 벌어졌다 오므라졌다 하다.

레디메이드 인생 139

몸집은 M과 같이 통통하지만 키가 작아 M의 뒤에 가려 섰던 H가 옆으로 나서며

"안녕합시요."

하고 인사를 한다.

P는 싱끗이 웃었다. 이 M과 H는 같은 하숙에 있는데 두 사람은 곧잘 같이 돌아다닌다. 같이 가는 것을 나란히 세워 놓고 보면 하나는 키가 커서 우뚝하고 하나는 키가 작아서 납작 붙어 가는 것 같다.

얼굴도 M은 우둘부둘한˙ 게 정객˙ 타입으로 생기었고 — 잘못하면 복싱 링에 내세워도 좋겠고 — H는 안존한˙ 게 사무원 타입이다.

일상의 언행을 보아도 H는 무슨 이야기가 자기 전문인 법률에 관한 것에 다다르면 육법전서˙의 조목을 따르르 외우면서 이러고 저러고 하다고 설명을 하고, M은 동경서 학생 ××에 제휴˙를 했던 만큼, 그리고 전문이 정경과˙인 만큼 좌익˙ 진영에서 쓰는 어투가 그대로 나온다.

우둘부둘하다 우둘우둘하다. 우둥퉁하고 부드럽다.
정객(政客) 직업적으로 정치 활동을 하는 사람.
안존하다(安存--) 성품이 얌전하고 조용하다.
육법전서(六法全書) 온갖 법령을 다 모아서 수록한 종합 법전.
제휴(提携) 행동을 함께하기 위하여 서로 붙들어 도와줌.
정경과(政經科) 정치 경제학과.
좌익(左翼) 급진적이거나 사회주의적·공산주의적인 경향. 또는 그런 단체. 1792년 프랑스 국민 의회에서, 급진파인 자코뱅당이 의장의 왼쪽 의석을 차지한 데서 나온 말이다.

"여전히 모다 동색(冬色)이 창연하군!"

P는 두 사람의 특특한 겨울 양복을 보고, 그리고 자기의 행색을 내려 보며 웃었다.

M이 신을 벗고 들어와 먼지 앉은 책상 위에 걸어앉으며

"춘래불사춘일세."

하고 한마디 외운다. H도 따라 들어와 한편에 앉으며 한마디 한다.

"아직 괜찮아…… 거리에서 보니까 동복 입은 사람이 많데……."

"괜찮기는 무어 괜찮아…… 우리가 길로 돌아다니니까 사방에서 아이구 아야! 소리가 들리데."

"왜?"

"봄이 발밑에서 짓밟히느라고."

"하하하하."

세 사람은 소리를 내어 웃었다.

"참 시험 본 것 어떻게 되었소?"

P는 H가 일전에 총독부에서 본 고원 채용 시험을 생각하고 물어보았다.

동색(冬色) 겨울색. 겨울 빛깔.
창연하다(蒼然--) 물건 따위가 오래되어 예스러운 느낌이 은근하다.
특특하다 피륙 따위의 바탕이 촘촘하고 조금 두껍다.
춘래불사춘(春來不似春) 봄이 왔지만 봄 같지 않음.

"말두 마시우⋯⋯ 이제는 꼭 들어앉어 공부나 해 가지고 변호사 시험이나 치겠소."

사람이 별로 변통성도 없고 그렇다고 여기저기 반연도 없어 취직이 여의하게 되지 못하는 것을 볼 때에 P는 가엾은 생각이 늘 들곤 하였다.

"가만있게⋯⋯ 어서 변호사 시험만 패스하게. 그러면 이제 내가 백만 원짜리 주식회사를 조직해 가지고 자네를 법률 고문으로 모셔 옴세."

이것은 M이 늘 농 삼아 하는 농담이다. M도 일 년 동안이나 취직 운동을 하면서 지냈건만 그는 되레 배포가 유하다. 조금 더 재빠르게 했으면 M은 벌써 취직이 되었을는지도 모르나 그는 타고난 배포와 그리고 남에게 아유구용을 하기 싫어하는 성질로 말하자면 취직 전선의 낙오자다.

별로 만나야 할 일도 없다. 그러나 제각기 혼자 있으면 우울해지니까 이렇게 서로 찾으며 자주 만나게 된다.

만나 앉아서 이야기라도 지껄이면 그동안만은 명랑하여진다. 지금 서울 안에 P니 M이니 H니와 매일 만나 하는 일 없이

변통성(變通性) 형편과 경우에 따라서 일을 융통성 있게 잘 처리할 수 있는 성질이나 능력.
반연(攀緣) 무엇에 이르기 위한 연줄로 삼음. 또는 그 연줄.
여의하다(如意--) 일이 마음먹은 대로 되다.
되레 '도리어'의 준말.
✣ 배포가 유하다 서두르거나 조급하게 굴지 않고 성미가 유들유들하다.
아유구용(阿諛苟容) 남에게 아첨하여 구차스럽게 굶. 또는 그런 행동.

돌아다니고 주머니 구석에 돈푼 있으면 서로 털어 선술 잔이나 먹고 하는 룸펜의 패가 수없이 많다.

무어나 일을 맡기었으면 불이 번쩍 일게 해낼 팔팔한 젊은 사람들이다. 그렇건만 그들은 몸을 비비 꼬고 있다.

아무 데도 용납지 못하는 사람들이다. ××적 ××에서 그들을 불러들이기에는 ××적 ××의 주관적 정세가 너무도 미약하다. 그것은 그들의 몇 부분이 동경서 학생으로 있을 시절에는 그 속에서 활발하게 ××을 계속하던 것이 조선에 나오면서 탈리되는 것으로 보아 그러한 해석을 내리지 아니할 수가 없다.

그렇다고 부르주아의 기성 문화 기관에 들어가자니 그곳에서는 수요를 찾지 아니한다. 레디메이드로 된 존재들이니 아무 때라도 저편에서 필요해야만 몇씩 사들여 간다.

M이 마코를 꺼내 놓고 붙여 문다. P는 포켓 속에 들어 있는 해태를 차마 내놓기가 낯이 따가워 M의 마코를 집어 당겼다.

선술 술청 앞에서 서서 마시는 술.
룸펜(Lumpen) 부랑자 또는 실업자를 이르는 독일어.
패(牌) 같이 어울려 다니는 사람의 무리.
용납하다(容納--) 1. 너그러운 마음으로 남의 말이나 행동을 받아들이다. 2. 어떤 물건이나 상황을 받아들이다.
탈리되다(脫離--) 벗어나 따로 떨어지게 되다.
✤ 동경서 학생으로 있을 시절에는 ~ 조선에 나오면서 탈리되는 것 일본의 사회 운동은 활발하기 때문에 일본 유학 시절에는 학생 신분으로도 거기에 적극적으로 참여했지만, 조선의 사회 운동은 아직 미약하고 지금은 학생 신분도 아닐뿐더러 먹고사는 문제를 해결해야 하기 때문에 사회 운동에서 따로 떨어져 나오게 된다는 의미이다.
기성(旣成) 이미 이루어짐. 또는 그런 것.

(원문에서 80자가량 삭제됨)

P는 설명을 시작한다. P 자신 그러한 장난 비슷한 공상은 하면서 일단 해 보라고 하면 주저할 것이지만 어쨌거나 그랬으면 통쾌하리라는 것이다.

"먼점 경무국에 들어가서 아주 까놓고 이야기를 한단 말이야. 우리가 지금 대상으로 하는 것은 총독부가 아니라 조선의 소위 민간 측 유지들이니까 간섭을 말어 달라고."

"그러면 관허(官許) 메이데이로구만."

"그래 관허도 좋아…… 그래 가지고는 기에다가는 무어라고 쓰느냐 하면 '우리에게 향학열을 고취한 놈이 누구냐?' …… 어때?"

"좋지!"

"인텔리에게 직업을 대라…… 이렇게 노래를 지어 부르거든."

(원문에서 10자가량 삭제됨)

"응…… 유지와 명사의 가면을 박탈시키라고…… 한 몇 십 명이 그렇게 데모를 한단 말이야!"

"하하하하."

M은 이렇게 웃고 H는 시원찮게 핀잔을 준다.

경무국(警務局) 일제 강점기에, 총독부에 속하여 경찰 사무를 맡아보던 관청.
관허(官許) 정부에서 특정한 사람에게 특정한 일을 허가함. 또는 그런 허가.
메이데이(May Day) 매년 5월 1일에 여는 국제적 노동제. 근로자의 날. 노동절.
박탈(剝奪) 남의 재물이나 권리, 자격 따위를 빼앗음.

"드끄럽소˚ 여보…… 아 글쎄 멀끔멀끔한˚ 양복쟁이들이 종로 네거리로 기를 받고 그렇게 다녀 봐! 애들이 와서 나 광고지 한 장 주˚, 하잖나."

"하하하하."

"허허허허."

창밖에서 냉이 장수가 싸구려 소리를 외치고 지나간다. M이 그에 응하여

"이크! 봄을 덤핑˚하는구나!"

"흥, 경제학자라 달르군…… 참 우리 하숙에서는 채소를 좀 멕여 주어야지!"

"밥값을 잘 내 보지."

"그도 그렇지만."

"나는 석 달 치 밀렸네."

"나도 그렇게 될걸."

"그러니까 나처럼 이렇게 아파트 생활을 해요."

이것은 P의 말이다. 아파트라고 말해 놓고도 서글퍼서 허허 웃었다.

드끄럽다 들그럽다. 시끄럽다.
멀끔멀끔하다 여럿이 다 멀끔하다. 또는 매우 멀끔하다.
✤ **애들이 와서 나 광고지 한 장 주** 데모하는 양복쟁이들을 상품 선전원으로 오인한다는 의미이다.
덤핑(dumping) 채산을 무시한 싼 가격으로 상품을 파는 일.
　채산(採算) 원가에 비용, 이윤 따위를 더하여 파는 값을 정함. 또는 그렇게 이익이 있도록 맞춘 계산 내용.

레디메이드 인생

"조선식 아파트! 그렇지만 우리가 아파트 생활을 했다면 아마 두어 달 전에 굶어 죽었을걸."

"나는 돈을 보면 초면 인사를 해야 되겠네⋯⋯ 본 지가 하도 오래라서 낯을 잊었어."

"여보게."

하고 M이 의젓하게 H를 달군다.

"돈 구경한 지 오래됐다지?"

"응."

"존 수가 있네."

"뭣?"

"자네 책 좀 삼사(三四) 구락부에 보내세."

"싫으이."

"자네 돈 구경하고⋯⋯ 구경하고 나서 그놈으로 한잔 먹고⋯⋯."

"한잔 말이 났으니 말이지 요즘 같으면 술이나 실컷 먹고 주정이라도 했으면 속이 시원하겠네."

"그러니까 말이야⋯⋯ 가세. 가서 다섯 권만 잽혀."

"일없다."

초면(初面) 처음으로 대하는 얼굴. 또는 처음 만나는 처지.
구락부(俱樂部) '클럽(club)'의 일본식 음역어.
❋ **자네 책 좀 삼사(三四) 구락부에 보내세** 전당포에 책을 맡기고 돈을 빌리자는 의미이다. '삼사 구락부'는 '전당포'를 우스갯소리로 일컫는 말로, 당시 어느 동네든 34번지에 전당포가 있었던 듯하다.

"내가 찾어주지."

"훙."

"정말이야."

"싫어."

6

그날 밤.

P와 M은 H를 졸라 그의 법률책을 잡혀 돈 육 원을 만들어 가지고 나섰다.

선술집에 가서 엔간히 취하도록 먹은 뒤에 C라는 카페에 가서 술 두 병을 놓고 자정이 되도록 노닥거렸다.

그곳에서 나올 때는 육 원 돈이 이 원 남았다. 이 원의 처치를 생각하던 세 사람은 일제히 동관으로 가기로 하였다.

세 사람이 모두 다리가 비틀거렸다. 그중에도 P는 더욱 취하였다.

닐리리 가락으로 들어박힌 갈봇집.

동관(東關) 동관왕묘(東關王廟). 오늘날 동묘(東廟)를 가리킴. 서울특별시 종로구 숭인동에 있는 조선 시대의 건물로, 중국의 관우를 봉사(奉祀)한 사당으로 1601년(선조 34년) 준공되었다.
닐리리 퉁소, 나발, 피리 따위 관악기의 소리를 흉내 낸 소리.
갈봇집 '사창가(私娼街)'를 속되게 이르는 말.

다 쓰러져 가는 초가집을 세 사람이 아는 집 들어서듯이 쑥쑥 들어서니

"들어옵시요."

"어서 옵시요."

라고 머리 딴 계집애와 배가 북통˙ 같은 애 밴 계집이 마루로 나선다.

P가 무심결에 해태곽을 꺼내어 붙여 무니까 머리 딴 계집애가 P의 목을 걸싸안고 볼에다 입을 쪽 맞추더니

"나도 하나."

하고 손을 벌린다. P는 기가 막혀 담배곽을 내미는데 H와 M은 박수를 하며

"부라보!"

하고 굉장하게 큰 소리로 외친다.

건넌방에 들어가 앉으니 마루에서 따그락따그락 소리가 난다.

배부른 계집은 푸대접을 받고 머리 딴 계집애가 H와 M의 손으로 옮아 다니면서 주물린다. 깩깩 소리를 지르고 엄살을 한다. 말을 붙이고 대답을 주고받고 하는 것이 H와 M은 전에 한번 와 본 집인 듯하다.

북통(-筒) 1. 북의 몸이 되는 둥근 나무통. 2. '북'을 속되게 이르는 말.

술상이 들어왔다.

잔은 사발만 한데 술 주전자는 눈알만 하다. 술을 부어 놓으니 M이 척 받아 놓고는 노래를 투정한다. 계집애는 그보다 더 약아 제가 그 술을 쭉 들여마시고는 빈 잔만 M의 입에 대어 준다.

P는 개숫물같이 밍밍한 술을 두어 잔 받아먹는 동안에 비위가 콱 거슬려서 진정하느라고 드러누웠다.

H가 계집애를 무릎에 올려놓고 신이 나게 노래를 부른다. 물론 고저도 장단도 맞지 아니하는 노래다.

M이 애 밴 계집을 실컷 시달려 주다가 머리 딴 계집애를 빼앗아 가더니 귀에 대고 무어라고 속삭거린다. 그러면서 둘이서 연해 P를 건너다보며 싱긋벙긋 웃는다.

조금 있다가 계집애가 P에게로 오더니 귀에다 입을 대고 속삭인다.

"저이가 나더러 당신하고 오늘 저녁...... 응 어때?"

"그래라."

P는 불쑥 성난 것처럼 대답했다.

"아이! 승거워!"

계집애는 P를 한 번 꼬집어 주고 다시 M에게로 달아났다.

M에게로 가서 또 무어라고 속삭거리더니 재차 와 가지고는

개숫물 음식 그릇을 씻을 때 쓰는 물.
연하다(連--) 행위나 현상이 끊이지 않고 계속 이어지다.

레디메이드 인생

귓속말을 한다.

"자고 가, 응."

"그래 글쎄."

"꼭."

"응."

"정말."

"응."

술은 네 주전자가 들어왔는데 세 사람 손님은 두서너 잔씩밖에 아니 먹었다. 그 나머지는 다 저희가 먹었다. 계집애가 술이 곤죽이 되게 취해 가지고 해롱해롱 까분다.

술값을 치르는 것을 보고 P도 따라 일어섰다. M이 몸뚱이로 슬쩍 밀어서 방 안으로 들여보내고 뒤에서 계집애가 양복 뒷깃을 잡아당긴다.

"그래라. 자고 간다."

P는 방 가운데 벌떡 드러누웠다.

"너이 집이 어디냐?"

계집애가 옆에 와서 앉는 것을 보고 P가 물었다.

"××도 ××."

"언제 왔니?"

"작년에."

곤죽(-粥) 몸이 지치거나 주색에 빠져서 늘어진 모습을 비유적으로 이르는 말.

P는 몸을 일으켰다. 또 속이 왈칵 뒤집혀 좀 더 진정하려고 하는 생각인데 계집애가 콱 밀어뜨린다.

"나이 몇 살이냐?"

"열여덟."

"부모는?"

"부모가 있으면 여기서 이 짓을 해?"

"왜 이 짓이 나쁘냐?"

"흥…… 나도 사람이야."

"에꾸! 나는 네가 신선인 줄 알았더니 인제 알고 보니까 사람이로구나!"

"드끄러!"

계집애는 눈을 쭉 흘기고는 갑자기 웃으면서 P의 목을 그러안는다.

"자고 가, 응."

"우리 마누라한테 자볼기 맞고 쫓겨난다."

"그러면 나한테 와서 나하고 살지…… 여기 내 빚 팔십 원만 물어 주면……."

"팔십 원이냐?"

"응."

그러안다 두 팔로 싸잡아 껴안다.
자볼기 자막대기로 때리는 볼기.
   자막대기 자로 쓰는 대막대기나 나무 막대기 따위를 이르는 말.

레디메이드 인생   151

"가겠다."

P가 또 일어나려는 것을 계집이 껴안고 놓지 아니한다.

"자고 가…… 내가 반했어."

"아서라."

"정말!"

"놓아."

"아니야, 안 놓아. 자고 가요, 응…… 자고…… 나 돈 좀 주어."

"돈? 내가 돈이 있어 보이니?"

"돈 소리가 절렁절렁 나는데?"

미상불 P의 포켓 속에서는 아까부터 잔돈 소리가 가끔 잘랑거렸다.

"자고 나 돈 조끔 주고 가 응."

"얼마나?"

"암만도 좋아…… 오십 전도, 아니 이십 전도."

계집애의 말이 떨어지기도 전에 P는 불에 덴 것같이 벌떡 일어섰다. 일어서면서 그는 포켓 속에 손을 넣어 있는 대로 돈을 움켜쥐어 방바닥에 홱 내던졌다. 일 원짜리 지전 두 장과 백동전이

절렁절렁 큰 방울이나 얇은 쇠붙이 따위가 자꾸 흔들리거나 부딪쳐 울리는 소리.
지전(紙錢) 지폐.
백동전(白銅錢) 백통으로 만든 돈.
　백통 구리, 아연, 니켈의 합금. 은백색으로 화폐나 장식품 따위에 쓴다.

방바닥에 요란스럽게 흐트러진다.

"아따 돈!"

해 던지고는 P는 뛰어나왔다. 그의 눈에는 눈물이 괴었다.

7

P는 정조(貞操)적으로 순진한 사나이가 아니다. 열네 살 때에 소꿉질 같은 장가를 갔고 그 뒤 동경 가서 있을 동안에 거기 여자와 살림도 하였다.

조선에 돌아와 직업을 가지고 있는 사이에 기생과 사귀어 한동안 죽을 둥 살 둥 모르게 지내기도 하였다.

그 밖에도 정을 두어 지낸 여자가 두엇 더 있다. 그러나 삼십이 되도록 지금까지 유곽을 가거나 은근짜 집을 가거나 동관의 색주가 집에 가서 잠자리를 한 일은 없다.

그것은 P의 괴벽이다. 어떠한 여자를 막론하고 그가 정이 들지 아니한 여자면 절대로 관계를 아니한다는 것이다.

정조(貞操) 이성 관계에서 순결을 지니는 일.
유곽(遊廓) 많은 창녀를 두고 매음 영업을 하는 집. 또는 그런 집이 모여 있는 곳.
은근짜(慇懃-) 몰래 몸을 파는 여자를 속되게 이르는 말.
색주가(色酒家) 젊은 여자를 두고 술과 함께 몸을 팔게 하는 집. 또는 그곳에서 몸을 파는 여자.
괴벽(怪癖) 괴이한 버릇.

그 대신 한 번 P의 눈에 들고 따라서 정이 들면 아무것도 돌아보지 아니하고 심각한 열정에 맡기어 완전히 그 여자를 움켜쥐어 버리며 또한 그 여자에게 전부를 내주어 버린다. 그리하여 그는 늘 All or nothing을 말한다.✤

 이것이 처세상✦ 퍽 이롭지 못한 것을 P도 잘 안다. 또 공연한 승벽✦이요 고집인 줄 알건만 그는 그것을 고치지 못한다.

 이날 밤에도 그는 그 계집애를 조금도 어떻게 하겠다는 생각은 나지 아니하였다.

 술 취한 끝에 속이 괴로우니까 진정을 하자는 판인데 '오십 전 아니 이십 전도 좋아.' 하는 소리에 버쩍✦ 흥분이 된 것이다.

 너무도 인간이 단작스럽고✦ 악착스러운 것 같았다. P가 노상✦ 보고 듣는 세상이 돈을 중간에 놓고 악착스럽게 아등바등하는✦ 것임을 모르는 바는 아니나 정조 대가로 일금 이십 전을 요구하는 것은 처음 보았다.

 P는 그러한 여자가 정조를 파는 데 무신경한 것도 잘 알고 있

✤ All or nothing을 말한다 매사에 완전히 몰두하거나 전혀 관심을 두지 않는다는 뜻으로, P가 극단적인 성격을 지니고 있다는 의미이다.
처세상(處世上) 사람들과 사귀며 살아가는 일에서.
승벽(勝癖) 호승지벽(好勝之癖). 남과 겨루어 이기기를 좋아하는 성미나 버릇.
버쩍 몹시 긴장하거나 힘주는 모양.
단작스럽다 하는 짓이 보기에 치사하고 다라운 데가 있다.
 다랍다 1. 때나 찌꺼기 따위가 있어 조금 지저분하다. 2. 언행이 순수하지 못하거나 조금 인색하다.
노상 언제나 변함없이 한 모양으로 줄곧.
아등바등하다 무엇을 이루려고 애를 쓰거나 우겨 대다.

으며, 따라서 그것이 비도덕이니 어쩌니 하는 것도 아니다.

그의 관점과 해석은 그런 것보다 더 나아간 입장에 있었다.

그러나 '이십 전만 주어도' 소리에는 이것저것 생각하고 헤아릴 나위도 없었다. 더럽고 얄미우면서 그러면서도 눈물이 괴었다. 삼 원쯤 되는 전 재산을 털어 내던지고 정신없이 뛰어나온 것이다.

술 취한 P를 혼자 남겨 둔 H와 M은 골목에 기다리고 서서 있었다. P가 뛰어나오는 것을 보고 그들은 우선 농을 건넨다.

"한턱 하오."

"장가간 턱 하게."

P는 고개를 흔들었다. 그리고 멍하니 서서 생각을 하였다.

다분의 가면 밑에서 꿈틀거리는 인도주의에 몹시 증오를 느끼는 P는 이날 밤 자기의 행동을 어떻게 해석할지 몰라 괴로워하였다.

내일을 굶어야 할 그 돈이지만 돈이 아까운 것이 아니다. 정조값으로 이십 전을 주어도 좋다는데 왜 정조는 퇴하고 돈만 있는 대로 다 떨어 주었는가? 왜 눈에 눈물은 괴었는가?

나위 (주로 '-을 나위 없다' 구성으로 쓰여) 더 할 수 있는 여유나 더 해야 할 필요.
다분하다(多分--) 그 비율이 어느 정도 많다.
✤ 다분의 가면 밑에서 ~ 몹시 증오를 느끼는 인도주의자인 것처럼 거짓으로 꾸미는 자기 자신의 태도에 스스로 몹시 증오심을 느끼는.
퇴하다(退--) 주는 물건 따위를 거절하여 물리치다.

8

P는 머리가 땅하고 속이 뉘엿거리어 정신을 차릴 수가 없었다. 그는 두 친구에게 인사도 변변히 하지 아니하고 코를 벤 듯이 삼청동으로 올라왔다. 어서 바삐 좀 드러눕고만 싶었던 것이다.

아무리 방구들은 차고 지저분하게 늘어놓았어도 제 처소는 반가운 것이다. 더구나 몸이 괴로울 때는!

P는 누더기 양복이나마 벗으려고도 아니하고 그대로 펴 두었던 이부자리 속에 몸을 파묻었다. 드러누우니 취기가 새삼스레 더하여 영영 옷 벗을 생각도 잊어버리고 그대로 잠이 들었다.

얼마를 자고 났는지 괴로워 부대끼다 못하여 잠이 깨었을 때는 목이 타는 듯이 말랐다.

물은 없다. 물이 없어 못 먹느니라 생각하니 목은 더 말랐다.

밤은 어느 때나 되었는지 짐작할 수가 없다. 전등은 그대로 켜져 있다. 밖에서는 사람 지나다니는 발자국 소리도 들리지 아니한다. 전차 갈리는 소리도 들리지 아니하고 가끔가다가 자동

뉘엿거리다 속이 메스꺼워 자꾸 토할 듯하다.
✤ 코를 벤 듯이 코를 베어 우스꽝스러운 모양이 된 것처럼. 무안하고 부끄러운 마음으로.
방구들 온돌. 화기(火氣)가 방 밑을 통과하여 방을 덥히는 장치.
처소(處所) 사람이 기거하거나 임시로 머무는 곳.
부대끼다 배 속이 크게 불편하여 쓰리거나 울렁울렁하다.
✤ 전차 갈리는 소리 전차의 바퀴가 선로를 긁는(훑는) 소리.

차의 경적이 딴 세상의 소리같이 감감하게 들리어온다.

밤이 깊지 아니했으면 잠긴 안대문을 두드려 주인 노인에게라도 물을 청하겠지만 이 깊은 밤에 그리하기도 미안하다. 그것도 방세나 여일하게 내었을세 말이지 얼굴 대하기를 이편에서 피하는 판에 차마 못할 일이다.

물지게 장수의 삐득거리는 소리가 들리나 하고 귀를 기울였으나 감감히 소리가 없다.

목은 더욱더욱 말라 들어온다. 입술이 바싹 마르고 입안이 침기가 없고 목구멍이 바삭바삭 소리가 날 듯이 마르고, 그러고는 창자 속까지 말라 내려가는 듯하다.

방금 미칠 듯하다.

눈앞에 용용하게 흘러가는 푸른 한강이 어릿어릿하고 쏴 쏟아지는 수통 꼭지가 보이는 듯하다.

P는 배고픈 고비는 많이 겪어 보았으나 이대도록도 목마른 참은 당하기 처음이다.

배는 고프면 기운이 없고 착 가라앉을 뿐이었지만 목이 극도

감감하다 1. 멀어서 아득하다. 2. 어떤 사실을 전혀 모르거나 잊은 상태이다. 3. 소식이나 연락이 없다. 여기에서는 1의 의미로 쓰임.
여일하다(如-----) 처음부터 끝까지 한결같다.
감감히 감감. 여기에서는 '감감하다' 3의 의미로 쓰임.
용용하다(溶溶 --) 흐르는 모양이 조용하고 질펀하다.
어릿어릿하다 자꾸 어렴풋하게 눈앞에 어려 오다.
수통(水桶) 물통.
이대도록도 이다지도.

로 마름에는 금시 미치고 후덕후덕 날뛸 것 같다.

일어나서 삼청동 꼭대기로 올라가면 산골짜기의 물도 있고 또 우물도 있기는 하다.

그러나 이 어두운 밤에 어디가 어딘지 보이지 아니할 테고 또 우물에는 두레박도 없을 것이다.

겨우겨우 참아 가며 몇 시간을 뻬대었다. 실상 한 시간도 못 되는 동안이지만 P에게는 여러 시간인 듯만 싶었다.

그런 뒤에 겨우 물지게 소리를 듣고 그는 수통 있는 곳을 찾아 뛰어나갔다.

사정 이야기도 변변히 하지 아니하고 쏟아지는 수통 꼭지에 매달리어 한 동이는 되리시피 냉수를 들이켰다. 물장수가 어이가 없어 멀끔히 치어다보고만 있다가 P의 꾸벅하고 돌아서는 등 뒤에다 혀를 끌끌 찬다.

밥보다도 더 다급하게 그립던 물을 실컷 들이켜고 나니 찌뿌둥하게 엉킨 듯 불쾌하던 취기도 저으기 걷히고 정신이 말쑥하여졌다.

후덕후덕 급작스럽게 **빠른** 동작으로 잇달아 뛰거나 몸을 움직이는 모양.
두레박 줄을 길게 달아 우물물을 퍼 올리는 데 쓰는 도구. 바가지나 판자 또는 양철 따위로 만든다.
뻬대다 한군데 오래 눌어붙어서 끈덕지게 굴다.
동이 1. 질그릇의 하나. 흔히 물 긷는 데 쓰는 것으로 보통 둥글고 배가 부르고 아가리가 넓으며 양옆으로 손잡이가 달려 있다. 2. 물 따위를 '1'에 담아 그 분량을 세는 단위.
멀끔히 물끄러미. 우두커니 한곳만 바라보는 모양.
취기(醉氣) 술에 취하여 얼근하여진 기운.
저으기 적이. 꽤 어지간한 정도로.

P는 새삼스럽게 양복을 벗어 던지고 다시 자리에 파묻혔다. 이제는 잠이 십 리나 달아나고 눈이 초랑초랑하여진다. 그러면서 어젯밤 일이 머리에 떠오른다.

그것은 마치 못 먹을 것을 먹은 것처럼 께름칙한 기억이다. 아무렇게나 씻어 넘겨 버리재도, 그러나 머리 한구석에 박혀 가지고 사라지려 하지 아니하는 어룽(반점)과 같다. 어떻게 해서라도 시원스러운 해석을 내리고라야 마음이 놓일 것 같다.

정조 대가로 일금 이십 전을 부르는 여자…….

방금 세상에는 한 번 정조를 빼앗긴 것으로 목숨을 버려 자살하는 여자가 있다. 그러는 한편 '이십 전도 좋소.' 하는 여자가 있다.

여자의 정조가 그것을 잃었다고 자살을 하도록 그다지도 고귀한 것이라면 '이십 전에도 팔겠소.' 하는 여자가 눈을 멀끔멀끔 뜨고 살아 있는 사실은 무엇으로 설명할 것인가?

또 정조를 '이십 전에도 팔겠소.' 하는 여자가 있도록 그것이 아무렇지도 아니한 것이라면 그것을 한 번 빼앗긴 때문에 생명을 내버리는 여자가 있는 것은 무엇으로 설명할 것인가?

이 두 여자가 모두 건전한 양심의 소유자라고 볼 수는 없다.

초랑초랑하다 정신이나 목소리가 맑고 또렷또렷하다.
멀끔멀끔 멀뚱멀뚱. 1. 눈빛이나 정신 따위가 멍청하고 생기가 없는 모양. 2. 눈만 둥그렇게 뜨고 다른 생각이 없이 물끄러미 쳐다보는 모양.

그러나 그 가운데 나무라기로 들면 차라리 정조를 빼앗긴 것으로 자살한 여자를 나무랄 것이지 '이십 전에 팔겠소.' 하는 여자는 나무랄 수가 없다.

열여섯 살부터 시작하여 이래 삼 년이나 색주가 집으로 굴러다니는 여자다.

언제 누구에게 귀 떨어진 도덕관념이나 정당한 인생관을 얻어들은 적이 없을 것이다.

술잔을 들고 앉아 한 잔이라도 오는 손님에게 더 먹이어 한 푼어치라도 주인의 수입을 도와주면 칭찬이 오니 그만이다.

"고년 어여쁘다. 나하고 ××."

하고 손님이 말하면 그에 좇아 비록 조발(早發)일지언정 생리적 만족을 얻는 한편 그야말로 단돈 이십 전이라도 벌면 그만이다.

옆에서 그것을 시키기는 할지언정 그것이 나쁘다고 가르쳐 주는 사람이 있을 턱이 없는 것이다. 사실 일반 매춘부가 정조적으로 양심을 가진 듯이 보인다는 것은 그 대부분이 되레 한 가식에 지나지 못하는 것이다.

그것은 그들에게 있어서 일종의 정당성을 가진 노동인 것이다.

조발(早發) 어떤 꽃이 다른 꽃보다 일찍 핌. 여기에서는 '조숙(早熟)', 즉 '나이에 비해 정신적·육체적으로 발달이 빠름' 또는 '성(性)에 눈뜨는 것이 남보다 이름' 정도의 의미로 쓰임.
가식(假飾) 말이나 행동 따위를 거짓으로 꾸밈.

그러니까 그것을 보고 불쌍하다고 여기고 동정을 하는 것은 위문이 폐문이다.*

지금 세상은 정당한 성도덕(性道德)이 서 있는 때도 아니다.

그것은 한 세대에 여러 가지의 시대사조가 얼크러져 있는 때문이다. 그러니까 여자의 정조에 대하여도 일률적으로 선악과 시비를 가릴 수는 없는 것이다.

하룻밤 몸값을 '이십 전도 좋소.' 하는 여자, 그에게는 다른 사람이 갖는 성도덕도 없고 따라서 자신을 타락이라서 슬퍼하지도 아니한다.

그 여자 자신을 나무랄 필요도 없는 것이요, 동정을 할 머리도 없는 것이다. 그 여자 자신은 결코 불쌍한 사람이 아니다.

예수의 사랑(?)도 아무리 그 사랑이 크고 넓다 했을지언정 그것은 '불쌍한 사람', '죄 지은 사람'에게 미칠 수 있는 것이다.

'불쌍하지 아니한', '죄 짓지 아니한' 동관의 색주가 계집애에게는 누구의 동정이나 사랑도 일없는 것이다.

"뭣? 관념적이라고?"

✤ **위문이 폐문이다** '위문(慰問)'은 '위로하기 위하여 문안하거나 방문함'을 의미하고, '폐문(弊問)'은 '남에게 신세나 괴로움을 끼침'을 뜻한다. 따라서 이 구절은 위로하려고 방문하는 것이 오히려 상대방에게 폐를 끼친다는 의미이다.
시대사조(時代思潮) 한 시대의 사회 일반에 주류나 특색을 이루는 사상적 경향.
얼크러지다 일이나 물건 따위가 서로 얽히다.
일률적(一律的) 태도나 방식 등이 한결같은. 또는 그런 것.
시비(是非) 옳음과 그름.
머리 '까닭'이나 '필요'의 뜻을 나타내는 말.

그렇다. 관념적이라도 할 수 없다. 그러나 그것은 그 여자의 주관을 객관화한 것이다.✽ 그러니까 그것은 한 엄연한 현실이다.

(원문에서 30자가량 삭제됨)

또 그 병적 현실에 메스를 대는 것은 집단의 역사적 문제이지만 룸펜 인텔리의 결벽과 흥분쯤으로는 문제도 되지 아니한다.

다만 취객이 삼 원 각수를 던져 주었음으로 해서 그 여자는 감격 없는 기쁨을 맛보았을 뿐일 것이다.

'이게 웬 떡이냐…… 어제저녁에 꿈이 괜찮더니 이런 땡을 잡을✽ 양으로 그랬구나…… 웬 얼간망둥이냐.'

그 계집애는 응당 그렇게밖에는 더 생각되지 아니하였을 것이다. 그것이 결코 무리가 없는 당연한 일이다.

P는 여기까지 생각하고 입맛 쓴 고소를 띠었다.

✽ 그 여자의 주관을 객관화한 것이다 몇 푼 안 되는 돈을 받고도 정조를 팔 수 있다는 매춘부의 생각을, 제삼자의 시각에서 있는 그대로 본 것이지 자기 마음대로 해석한 것이 아니라는 의미이다.
메스(mes) 1. 수술칼. 2. 잘못된 일이나 병폐를 없애기 위한 조처.
결벽(潔癖) 1. 유난스럽게 깨끗한 것을 좋아하는 성벽(性癖). 2. 악하고 그릇된 일을 극단적으로 미워하는 성질.
　성벽(性癖) 굳어진 성질이나 버릇.
각수(角數) 돈을 '원'이나 '환' 단위로 셀 때, 그 단위 아래에 남는 몇 전이나 몇십 전을 이르는 말.
✽ 땡을 잡을 (속되게) 뜻밖에 큰 행운이 생길.
얼간망둥이 '얼간이'를 비유적으로 이르는 말.
응당(應當) 1. 그렇게 하거나 되는 것이 이치로 보아 옳게. 마땅히. 2. 행동이나 대상 따위가 일정한 조건이나 가치에 꼭 알맞게.
고소(苦笑) 쓴웃음.

'흥! 되지 못하게…… 장님이 눈병 앓는 사람더러 불쌍하다고 한 셈인가.'

P는 돌아누우면서 혀를 끌끌 찼다.

9

일천구백삼십사 년의 이 세상에도 기적이 있다.

그것은 P가 굶어 죽지 아니한 것이다. 그는 최근 일주일 동안 돈이 생긴 데가 없다. 잡힐 것도 없었고 어디서 벌이를 한 적도 없다.

그렇다고 남의 집 문 앞에 가서 밥 한술 주시오 하고 구걸한 일도 없고 남의 것을 훔치지도 아니하였다.

그러나 그동안 굶어 죽지 아니하였다. 야위기는 하였지만 그래도 멀쩡하게 살아 있다. P와 같은 인생을 이 세상에 하나도 없이 싹 치운다면 근로하는 사람이 조금은 편해질는지도 모른다.

P가 소부르주아 축에 끼이는 인텔리가 아니요 노동자였더라면 그동안 거지가 되었거나 비상 수단을 썼을 것이다. 그러나

✤ 장님이 눈병 앓는 사람더러 불쌍하다고 한 셈인가 자기 처지가 더 딱한데도 남을 동정한다고 한 셈인가.
근로하다(勤勞--) 부지런히 일하다.
소부르주아(小 bourgeois) 소시민. 노동자와 자본가의 중간 계급에 속하는 소상인, 수공업자, 하급 봉급생활자, 하급 공무원 따위를 통틀어 이르는 말.

레디메이드 인생

그에게는 그러한 용기도 없다. 그러면서도 죽지 아니하고 살아 있다. 그렇지만 죽기보다도 더 귀찮은 일은 그를 잠시도 해방시켜 주지 아니한다.

그의 아들 창선이를 올려보낸다고 어제 편지가 왔고 오늘은 내일 아침에 경성역에 당도한다는 전보까지 왔다.

오정 때 전보를 받은 P는 갑자기 정신이 난 듯이 쩔쩔매고 돌아다니며 돈 마련을 하였다. 최소한도 이십 원은…… 하고 돌아다닌 것이 석양 때 겨우 십오 원이 변통되었다.

종로에서 풍로니 냄비니 양재기니 숟갈이니 무어니 해서 살림 나부랭이를 간단하게 장만하여 가지고 올라오는 길에 전에 잡지사에 있을 때 안 ××인쇄소의 문선 과장을 찾아갔다.

월급도 일없고 다만 일만 가르쳐 주면 그만이니 어린아이 하나를 써 달라고 졸라 대었다.

A라는 그 문선 과장은 요리조리 칭탈을 하던 끝에 — 그는 P가 누구 친한 사람의 집 어린애를 천거하는 줄 알았던 것이다.

"보통학교나 마쳤나요?"

오정(午正) 정오.
풍로(風爐) 1. 화로(火爐)의 하나. 흙이나 쇠붙이로 만드는데, 아래에 바람구멍을 내어 불이 잘 붙게 하였다. 2. 석유나 전기 따위를 이용하는 취사용 도구.
양재기(洋--) 안팎에 법랑을 올린 그릇. 양은이나 알루미늄 따위로 만든 그릇을 포함하기도 한다.
나부랭이 어떤 부류의 사람이나 물건을 낮잡아 이르는 말.
문선(文選) 활판(活版) 인쇄에서 원고 내용대로 활자를 골라 뽑는 일.
칭탈(稱頉) 무엇 때문이라고 핑계를 댐.
천거하다(薦擧--) 어떤 일을 맡아 할 수 있는 사람을 그 자리에 쓰도록 소개하거나 추천하다.

하고 물었다.

"아니요."

P는 솔직하게 대답하였다.

"나이 몇인데?"

"아홉 살."

"아홉 살?"

A는 놀라 반문을 하는 것이다.

"기왕 일을 배울 테면 아주 어려서부터 배워야지요."

"그래도 너무 어려서 원…… 뉘 집 애요?"

"내 자식놈이랍니다."

P는 그래도 약간 얼굴이 붉어짐을 깨달았다. A는 이 말에 가장 놀라운 일을 보겠다는 듯이 입만 벌리고 한참이나 P를 물끄러미 바라다본다.

"왜? 내 자식이라고 공장에 못 보내란 법 있답디까?"

"아니, 정말 그래요?"

"정말 아니고?"

"괜히 실없는 소리!…… 자제라고 해야 들어줄 테니까 그러시지?"

"아니, 그건 그렇잖애요. 내 자식놈야요."

반문(反問) 물음에 대답하지 아니하고 되받아 물음. 또는 그 물음.
실없다(實--) 말이나 하는 짓이 꾸밈이나 거짓이 없이 참되고 미더운 데가 있지 못하다.
자제(子弟) 남을 높여 그의 아들을 이르는 말.

"그럼 왜 공부를 시키잖구?"

"인쇄소 일 배우는 것도 공부지."

"그건 그렇지만 학교에 보내야지."

"학교에 보낼 처지도 못 되고 또 보낸댔자 사람 구실도 못할 테니까……."

"거 참 모를 일이오…… 우리 같은 놈은 이 짓을 해 가면서도 자식을 공부시키느라고 애를 쓰는데 되려 공부시킬 줄 아는 양반이 보통학교도 아니 마친 자제를 공장엘 보내요?"

"내가 학교 공부를 해 본 나머지 그게 못 쓰겠으니까 자식은 딴 공부를 시키겠다는 것이지요."

"글쎄 정 그러시다면 내가 내 자식 진배없이 잘 데리고 있으면서 일이나 착실히 가르쳐 드리리다마는…… 원 너무 어린 데 애차랍잖애요?"

"애차라운 거야 애비 된 내가 더하지오만 그것이 제게는 약이니까……."

P는 당부와 치하를 하고 인쇄소를 나왔다. 한 짐 벗어 놓은 것같이 몸이 가뜬하고 마음이 느긋하였다.

되려 '도리어'의 사투리.
진배없이 그보다 못하거나 다를 것이 없이.
애차랍다 애처롭다. 가엾고 불쌍하여 마음이 슬프다.
치하(致賀) 남이 한 일에 대하여 고마움이나 칭찬의 뜻을 표시함. 주로 윗사람이 아랫사람에게 한다. 고맙다는 인사.

그는 집으로 올라가는 길에 싸전에 쌀 한 말을 부탁하고 호배추도 몇 통 사들였다. 그렁저렁 오 원을 썼다.

십 원 남은 중에 주인 노인에게 육 원을 내어주니 입이 귀밑까지 찢어진다. 그 끝에 P가 사 온 호배추를 내어주며 김치를 담가 달라고 하니 선선히 응낙한다. 그리고 자식을 데리고 자취를 하겠다니까 깍두기야 간장이야 된장 같은 것을 아까운 줄 모르고 날라다 주곤 한다.

10

이튿날 전에 없이 첫새벽에 일어난 P는 서투른 솜씨로 화롯밥을 지어 놓고 정거장으로 나갔다.

그의 형에게서 온 편지에 S라는 고향 사람이 서울 올라오는 길에 따라 보낸다고 했으니까 P는 창선이보다도 더 낯이 익은 S를 찾았다.

과연 차가 식식거리고 들어서매 인간을 뱉어 내놓는 찻간에서 S가 창선이를 데리고 두리번거리며 내려왔다.

싸전(-廛) 쌀과 그 밖의 곡식을 파는 가게.
호배추(胡--) 1. 중국종의 배추. 2. 재래종에 대하여 개량한 배추 품종의 하나를 이르는 말.
그렁저렁 그럭저럭.
화롯밥 '화로(火爐)', 즉 주로 불씨를 보존하거나 난방을 위하여 숯불을 담아 놓는 그릇에 지은 밥.

어디서 생겼는지 새까만 '코꾸라' 양복을 입고 이화표 붙은 학생 모자를 쓰고 거기다가 보따리를 하나 지고 무엇 꾸린 것을 손에 들고 차에서 내리는 어린아이…… 저게 내 자식이니라 생각하니 P는 어쩐지 속으로 얼굴이 붉어지며 한편 가엾기도 하였다.

S가 두 손에 짐을 가득 들고 두리번거리다가 가까이 온 P를 보고 반겨 소리를 지른다. 창선이가 모자를 벗고 학교식으로 경례를 한다. 얼굴을 자세히 보니 네댓 살 적에 보던 것보다 더한층 저의 외가를 닮았다. P는 그것이 몹시 불만하였다.

"그새 재미나 좋았나?"

S의 하는 첫인사다.

"뭘 그저 그렇지…… 괜한 산 짐을 지고 오느라고 애썼네."

P는 이렇게 인사 겸 치하를 하였다.

"원 천만에!…… 그 애가 나이는 어려도 어떻게 속이 찼는지 …… 너 늬 아버지 알아보겠니?"

S는 창선이를 돌아보며 웃는다. 창선이는 고개를 숙이고 수줍은지 아무 대답도 아니한다.

P는 S와 창선이를 데리고 구름다리로 올라왔다.

코꾸라 '코쿠라오리'의 준말. 굵은 실로 두껍게 짠 면직물.
이화표(李花標) 모자표. 모자에 붙이는 일정한 표지.
✿ 산 짐 '살아 있는 짐'이라는 뜻으로, 자기 아들을 '짐'이라고 한껏 낮춰 부름으로써 자기 아들을 데리고 온 것이 고맙다는 것을 강조하는 말이다.
구름다리 도로나 계곡 따위를 건너질러 공중에 걸쳐 놓은 다리.

"저의 외할머니가 저 양복이야 떡이야 모다 해 가지고 자네 댁에까지 오셨더라네…… 오셔서 어제 떠나는데 정거장까지 나오셨는데 여러 가지 신신당부를 하시데…… 자네에게 전하라고."

S는 P가 그다지 듣고 싶지도 아니한 이야기를 뒤따라오며 늘어놓는다. 그의 가슴에는 옛날의 반감이 솟쳐 올랐다.

"별걱정 다 하든 게로군…… 내 자식 내가 어련히 할까버 쫓아다니며 그래!"

"그래도 노인들이야 어데 그런가…… 객지에서 혼자 있는데 데리고 있기 정 불편하거든 당신에게로 도루 보내게 하라고 그러시데……."

"그 집에 내 자식이 무슨 상관이 있어서 보내라는 거야?…… 보낼 테면 그때 데려왔을라구……."

P는 그것이 모두 그와 갈린 아내의 조종인 줄 알기 때문에 더구나 심정이 났다. 화가 나는 대로 하면 어린아이가 입고 온 양복도 벗겨 내던지고 싶었으나 꿀꺽 참았다.

신신당부(申申當付) 거듭하여 간곡히 하는 당부.
반감(反感) 반대하거나 반항하는 감정.
솟치다 (주로 '화', '분노' 따위의 부정적 감정 명사를 주어로 하여) 느낌 따위가 세차게 일어나다.
조종(操縱) 다른 사람을 자기 마음대로 다루어 부림.
심정(心情) 1. 마음속에 품고 있는 생각이나 감정. 2. 마음씨. 3. 좋지 않은 심사. 여기에서는 3의 뜻으로 쓰임.
꿀꺽 분한 마음이나 할 말, 터져 나오려는 울음 따위를 억지로 참는 모양.

11

일찍 맛보아 보지 못한 새 살림을 P는 시작하였다.

창선이가 도착한 날 밤.

창선이는 아랫목에서 삭삭˙ 잠을 자고 있다. 외롭게 꿈을 꾸고 있으려니 생각하매 전에 없던 애정이 솟아오르는 듯하였다.

이튿날 아침 일찍 창선이를 데리고 ××인쇄소에 가서 A에게 맡기고 안 내키는 발길을 돌이켜 나오는 P는 혼자 중얼거렸다.

"레디메이드 인생이 비로소 겨우 임자를 만나 팔리었구나."

■「신동아」(1934. 5~7) ;
『20세기 한국소설 5 – 채만식 등』(창비, 2005)

삭삭 색색. 1. 숨을 고르고 가늘게 쉬는 소리. 2. 숨을 조금 빠르고 고르지 아니하게 쉬는 소리.

레디메이드 인생

●등장인물 들여다보기

P

일제 강점기 당시 동경에서 유학한 지식인이지만 직장을 구하러 다니는 실업자 신세입니다. 자신의 능력을 펼치지 못한 채 무기력한 일상생활을 하며 방황하면서도, 사회에 대한 날카로운 비판적 시각을 유지하고 있는 인물입니다.

P는 한때 자유롭고 재미있는 삶을 살고 싶어 했지만 신문사 사장에게 비굴함을 무릅쓰고 '직업 동냥'을 합니다. 그러나 그의 '취직 운동'은 끝내 실패하고 말지요. 동경 유학 시절 친구들인 M과 H 역시 사정은 마찬가지입니다. 이렇게 당대 최고 지식인들이 변변한 직장을 얻기 힘들었던 것은 비단 P나 M, H만의 문제가 아니라 일반적인 현상이었습니다. 당시 P 같은 지식인들이 이미 식민지 조선에도 많이 생겼는데, 그 숫자에 비해 그들을 채용할 만한 일자리는 매우 제한되어 있었기 때문입니다.

이처럼 P는 고학력자지만 자신의 능력과 포부를 펼칠 기회를 갖지 못하기 때문에 좌절감과 절망감은 더욱더 크고 깊습니다. 자신과 비슷한 처지의 친구들과 어울려 술집이나 돌아다니며 허송세월하고, 아주 무기력한 태도를 보이는 P의 모습은 언뜻 보아 이해되지 않습니다만, 이를 통해 작가는 사회의 구조적 모순을 보여 주고 있습니다.

P는 학교 공부가 아닌 '딴 공부'를 시키겠다면서 아홉 살 난 어린 아들을 인쇄소에 취직시킵니다. 이것은 고등교육까지 받았지만 좌절할 수밖에 없었던 P 자신의 경험에서 나온 절망과 자조의 표현이면서, 교육만 받으면 무엇이든 이룰 수 있다는 일제 강점기 당시 사회 풍조의 결과를 작가가 정면으로 비판하는 것이기도 합니다.

K사장

일제 식민지 문화 정치의 혜택을 가장 많이 받은 부류 가운데 한 사람으로, P 같은 소외된 지식인이나 노동자, 농민 등의 어려운 사정에 대해서는 말로만 동정할 뿐 실제로는 잘 알지도 못하고 무관심한 인물입니다.

K사장은 언론사를 경영하는 사업가입니다. 그는 재등(齋藤) 총독의 문화 정치의 혜택을 가장 많이 받은 부류, 즉 '부르주아지'의 한 사람이라 할 수 있습니다. 재등 총독의 문화 정치는 학교 증설을 가속화했고, 학교 교육을 통해 글을 읽을 수 있게 된 사람들이 신문 독자가 되었습니다. K사장은 바로 그렇게 만들어진 사회적 기반으로 신문 사업을 통해 부를 축적한 것입니다.

K사장은 P더러 농촌에 들어가서 농민 계몽 운동을 하라고 합니다. 그러나 그의 권유는 P의 사정을 진정으로 생각해서 나온 것이 아니며, 농촌과 농민의 사정에 대한 그의 무지와 무관심을 더욱더 드러낼 뿐입니다. 일제 강점기 당시 정책과 사회 풍조의 혜택을 가장 많이 받았으면서도 그 혜택의 바깥에 있는 지식인들이나 민중들의 힘든 사정에는 별 관심이 없는 것입니다.

● 작품 Q&A

"선생님, 궁금해요!"

Q 이 작품의 시간적, 공간적 배경을 알고 싶어요.

A 작품의 발표 연도가 1934년이고, 작품 속에서도 '일천구백삼십사 년'이라고 나오듯이, 이 작품은 1934년 당시를 분명한 시간적 배경으로 합니다. 그리고 '봄 하늘', '춘추복의 젊은이들', '여자들의 목도리'라는 구절, 그리고 P가 겨울 양복을 입고 있는 친구들에게 하는 말 등을 볼 때, 봄은 봄이지만 이른 봄이라는 것을 알 수 있습니다.

공간적 배경은 서울, 즉 당시 경성임을 분명히 알 수 있습니다. 작품 속에 서울의 여러 지명이 구체적으로 나옵니다. P는 광화문 네거리에 있는 신문사에 갔다가 나와, 동십자각에 있는 담배 가게에서 담배를 사서, 삼청동 꼭대기에 있는 하숙집으로 돌아오고, 친구들과 함께 동관(동묘)에 있는 술집에 갑니다. 또 종로에서 '살림 나부랭이'를 사고, 경성역(서울역)에 가서 아들 창선이 일행을 맞이하지요.

Q 이 작품의 3장에서는 작가의 근대사 강의를 듣는 것 같은 느낌마저 드는데요, 이 내용이 작품의 주제와 어떤 연관성이 있는 걸까요?

A 맞아요. 이 부분은 작중 주인공 P의 생각을 드러낸 것으로 볼 수도 있지만, 작가 스스로 한국 근대사의 본질과 흐름을 어떻게 보

고 있는지 말하는 것으로 보아도 무방합니다. 작품에서 작가의 목소리가 이렇게 거의 직접적으로 나타나는 경우도 있습니다.

작가가 보기에, 갑신정변에 싹튼 자유주의 사조는 점점 더 강해지더니 1919년 3·1 운동 이후의 '문화 정치'를 계기로 조선 사회를 지배하는 사회 풍조가 되었습니다. 학교를 많이 만들어 교육과 지식을 베푸는 것만이 뭇사람들을 잘살게 해 주는 길이라는 주장이 그 핵심이었습니다. 그러나 그러한 교육 붐을 통해 이룩된 결과로 혜택을 본 것은 '부르주아지'와 일부 지식인이었고, 노동자와 농민 등 민중들의 삶은 도리어 더 힘들어졌으며, P처럼 '보통 상식'만 있고 기술이 없는 대다수 지식층은 양쪽 어디에도 끼지 못해 직업도 갖지 못하는 '초상집의 주인 없는 개들' 같은 존재가 되었다는 것입니다. 3장에 담긴 이러한 내용은 작품의 주제와 작중 인물들이 보여 주는 모습과 태도를 뒷받침하는 중요한 역할을 합니다.

Q '레디메이드 인생'이라는 작품의 제목이 아주 특이하고, 주인공 P가 사회를 비판하는 태도도 독특합니다. 작품의 제목과 P의 태도를 통해 작가는 무슨 이야기를 하려는 건가요?

A 우선 작품의 배경이 되고 있는 1934년 식민지 조선의 상황을 이해할 필요가 있습니다. 작가가 보기에 당시에는, 3장에서 설명한 것처럼 교육과 지식만을 강조하여 나타난 부정적 결과가 매우 심각한 지경이었습니다. P와 M이나 H 같은 고등 실업자(고등 교육을 받고도 일정한 직업이 없이 놀며 지내는 사람)가 넘쳐났지만 누구도 책임질 수 없는 상황이었습니다. P와 창선으로 상징되듯이 실업 지식인

과 민중은 희망 없는 삶을 살고 있었지만, K사장처럼 가진 자 또는 가진 자 편을 대변하는 이는 문맹 퇴치 운동을 하러 농촌으로 들어가라는 무책임한 권유를 할 뿐입니다. 그런데 이것은 P가 보기에 현실 사정과 너무도 동떨어진 것이었습니다. 그리고 K사장 같은 힘 있고 가진 자들이 자기 같은 사람의 사정을 돌봐 주지 않을 것이 뻔하다고 생각합니다. 이 때문에 그는 K사장의 논리에 맞서 열띤 토론을 하거나 스스로 해결 방안을 제시하려 하지 않고 차가운 태도로 상대방의 말을 비웃습니다. 즉, 냉소적 태도를 보이는 것이지요. 자신이 생각하는 기준에 비춰 볼 때 사회 현실이 어찌해 볼 도리가 없을 만큼 매우 바람직하지 못한 상태라고 느끼는 인물에게서 이런 냉소적인 태도가 나타나곤 합니다.

이 작품의 제목인 '레디메이드 인생'은 '이미 주어진 인생' 또는 '이미 정해진 인생'이라는 뜻입니다. P나 창선으로 상징되는 실업 지식인과 민중은, 스스로 어찌해 볼 도리가 없는 사회적 모순을 그대로 떠안고 살아갈 수밖에 없다는 의미를 담고 있습니다. 사실 P의 냉소적 태도의 바탕에는 이런 사회적 모순에 대한 깊은 분노가 깔려 있습니다. 즉, P의 냉소적 태도는 그 자신의 개인적 특성일 수도 있지만, 사회적 모순을 더욱더 강조하기 위해 의도적으로 드러내는 것이기도 합니다.

팔십 원 빚에 팔려 온 술집의 어린 여자가 '정조값'으로 이십 전도 마다하지않는 것을 보고 P가 주머니 속의 돈을 있는 대로 다 던져 주고 뛰쳐나와 고뇌하는 장면이 매우 인상적입니다. 그런데 이를 보면 P가 겉으로 보이는 것처럼 냉소적이기만 한 인물이 아니라는 것을 알 수 있습니다. 그가 사회 현실을 차갑게 비웃기만 하는 것이 아니라 어린 술집 여자를 보고 불쌍해하기도 하고, 또 그렇게 불쌍해하는 자신의 태도가 위선적인 것이 아닐까 하고 성찰하기도 하기 때문입니다. 그의 차가운 태도 깊숙한 곳에는 따뜻한 동정심이 있고, 오히려 그러한 동정심이 있기 때문에 바람직하지 못한 사회 현실을 더더욱 차갑게 비웃는 것이라고 볼 수 있습니다.

Q 어린 술집 여자를 보고 P가 왜 그렇게 심한 충격을 받고 갈등을 겪는 것인지 좀 더 자세히 설명해 주세요. 이 장면은 작품의 주제와 어떤 연관성이 있나요?

A P가 어린 술집 여자에게 동정심을 느껴 가진 돈을 모두 던져 주고 나왔다고 했지만, 그가 느낀 감정은 동정심만으로는 설명이 부족합니다. 그것은 그에게 한마디로 '충격'이었습니다. 그는 "노상 보고 듣는 세상이 돈을 중간에 놓고 악착스럽게 아등바등하는 것임을 모르는 바는 아니나 정조 대가로 일금 이십 전을 요구하는 것은 처음 보았다."라고 합니다. 그리고 자신도 여자와 동거한 경험이 있듯이 정조 관념이 투철한 것도 아니고 그리 도덕적인 인물도 아니지만, 정이 없는 사람과는 한 번도 잠자리를 같이 한 적이 없다고 합니다. 그러면서 이것을 자신의 별난 고집이라고 대수롭지 않은 듯 말하지만, 사실 그는 이러한 일종의 삶의 기준을 가지고 있기 때문에 어린 술집 여자가 돈 이십 전에 자기 몸을 팔겠다는 데에 엄청난 충격을 받는 것입니다. 처음 보는, 정도 느끼지 않는 남자에게 어린 여성이 단돈 이십 전에 몸을 팔려 하는 현실을 보고 말이지요.

이렇게 단돈 이십 전에 몸을 파는 어린 술집 여성으로부터 P는 엄청난 충격과 함께, 이 여성 역시 '레디메이드 인생', 즉 '이미 정해진 인생'을 산다는 점에서는 자기 자신과 마찬가지라는 '역설적인 동류의식'(즉, 자신의 주관적 기준으로 볼 때는 그 어린 여성이 전혀 용납할 수 없는 행동을 하고 있으나, 객관적으로 볼 때는 그 여성이나 자기나 똑같은 사회적 처지에 놓여 있다는 모순된 의식)을 느꼈을 수도 있습니다. 이 점이 바로 작품의 주제와의 연관성이라 할 수 있습니다.

Q 오늘날에도 청년 실업 문제가 심각하다고들 하는데, 주인공이 처한 현실과 어떻게 비교할 수 있을까요?

A 그렇습니다. 이 작품을 읽다 보면 곧바로 오늘날의 청년 실업 문제가 떠오릅니다. 일제 강점기 당시나 오늘날이나 이 문제는 매우 심각합니다.

우선 공통점을 찾아볼까요? 대학 교육까지 받은 이른바 고등 실업자가 양산되고 있다는 점입니다. 또한 이 작품에서는 무턱대고 학교 교육을 열심히 하면 모든 문제가 해결될 것처럼 주장하는 지배층의 논리를 정면으로 비판하는데, 오늘날 역시 대학까지 졸업한 청년들이 사회에서 일할 수 있는 여건이 제대로 마련되어 있지 않다는 점에서 마찬가지입니다.

차이점도 있습니다. 작품에서 비판하고 있듯이 일제 강점기 당시에는 '문화 정치'라는 것을 명분으로 하여 학교 교육을 추진했는데, 바로 이 문화 정치가 교육을 많이 받은 청년들의 일자리를 준비하면서 이루어진 것이 아니었기 때문에 이들의 실업 문제가 새롭게 나타났습니다. 식민지 통치 수단으로 문화 정치를 동원한 일제는 애초부터 청년들의 일자리를 마련하는 일에는 관심이 없었던 거지요. 오늘날 청년 실업 문제는 이와는 다른 원인 때문에 심각합니다. 오늘날은 일제 강점기 당시와는 비교할 수 없을 정도로 대학 졸업자 수가 많습니다. 그런데 이 사람들이 일할 수 있는 곳은 상대적으로 그 수가 더 적고 그나마 채용 형태가 불안정한 비정규직이 고용 인원의 3분의 1을 넘습니다. 오늘날 학생들이 대학에 어렵게 들어가자마자 취직 걱정에 시달리는 모습을 보면, 일제 강점기 당시에 P 같은 인물들이 겪은 불안과 절망을 미루어 짐작할 수 있습니다.

Q 이 작품에는 노름판에서 쓰는 말들이랄지 사전에 안 나오는 방언이나 구어가 많이 쓰이고 있는데, 작가가 특별한 의도를 가지고 쓰는 표현들인가요?

A 그렇습니다. 이 작품에는 노름판 용어를 비롯하여 다양한 방언과 구어가 담겨 있습니다. 이는 작가 채만식이 서울이 아닌 호남 지방 출신이기 때문이기도 하지만, 작가가 의도적으로 방언과 구어를 구사하기도 했습니다. 지식인들이 즐겨 쓰는 관념적이거나 추상적인 말과 비교해 볼 때, 방언과 구어는 사람들이 일상생활의 현장에서 쓰는 말이기 때문에 좀 더 생생한 느낌을 줍니다. 작가는 일상생활의 현장의 모습을 더욱더 생생하게 전달하기 위해 의도적으로 방언과 구어를 구사한 것입니다.

그런데 그중에서도 노름판 용어를 쓰는 데에는 특별한 의도가 있습니다. 부르주아지는 '가보'를, 일부의 지식꾼은 '다섯 끗'을, 노동자와 농민은 '무대'를 잡았다는 식으로 노름에 빗대어 설명하는 것은 그 자체가 매우 생생한 비유가 됩니다. 또한 한편으로는 당시 사회가 노름판 같은 건강하지 못한 상대라는 것을 드러내는 효과도 있습니다. 이것은 노름판에서 처음부터 아홉 끗 잡은 사람과 다섯 끗 잡은 사람과 아무 끗도 못 잡은 사람의 승부가 해 보나마나 이미 결판이 나 있는 것처럼, 당시 사회 전체가 불평등한 구조를 가지고 있다는 비유입니다. 이런 사회에서 살아가는 사람은 아무리 노력해 봐야 희망이 없다는 생각에 빠집니다.

P가 수중에 있는 삼 원에서부터 곱하기를 시작해서 백오십만 원까지 만드는 공상을 하는 장면도 나오는데, 이 역시 마찬가지 의도로 작가가 끼워 넣은 대목이라 볼 수 있습니다. 희망이 잘 보이지 않는 사회일수록 사람들은 일확천금의 공상을 하게 마련이지요.

Q 이 작품을 읽다 보면 삭제된 부분이 적지 않은데, 이건 어떤 이유에서인가요?

A 이 작품에서 '삭제됨'이라고 써 있는 부분은 원문에서는 빈 공간으로 되어 있습니다. 이것은 일제 당국의 검열 때문에 삭제된 부분입니다. '××'로 되어 있는 부분도 마찬가지인데, 이는 원문 그대로입니다. 그런데 아마도 '××'로 되어 있는 부분은 작가나 출판사가 일제의 검열을 의식해서 미리 쓴 기호일 것이라 짐작되고, 삭제된 부분은 일제의 사후 검열에 의해 강제로 지워진 부분이 아닐까 추측해 볼 수 있습니다. 이를 통해 일제의 문학 작품 검열이 직접적·간접적으로 매우 철저했음을 알 수 있습니다. 전후 맥락을

잘 읽어 보면 삭제된 부분에 어떤 내용이 있었을지 미루어 짐작해 볼 수 있고, 그러면 일제 당국이 어떤 내용에 민감하게 반응했을지도 알아낼 수 있을 것입니다.

Q 이 작품은 P가 아들 창선이를 인쇄소에 취직시키고 돌아오면서 "레디메이드 인생이 비로소 겨우 임자를 만나 팔리었구나."라고 중얼거리는 것으로 마무리되고 있는데, 이것을 어떻게 이해해야 할까요?

A P는 자신이 일본 유학까지 했으면서도 아무 짝에도 쓸모없는 사람처럼 무기력하고 희망 없이 살아가는 근본 원인을, 학교 교육으로 무슨 문제든 해결할 수 있다는 당시 지배층의 주장에서 찾습니다. 그러므로 P 같은 당시 최고 수준의 지식인이 자신의 친자식을 보통학교 교육도 받게 하지 않고 인쇄소에 노동자로 보낸다는 결말 자체가 매우 중요한 의미를 갖습니다.

사실 창선이는 작품의 마지막에 잠깐 나올 뿐이고, 더군다나 한 마디 말도 하지 않는 아홉 살 어린아이입니다. 그야말로 존재감이 거의 없지요. 그렇지만 주목해서 보아야 할 이유가 바로 여기에 있습니다. P가 아무런 미련도 없이 창선이를 학교가 아닌 인쇄소로 보내는 데서 알 수 있듯이, 교육만 하면 무엇이든 할 수 있다는 일제 당국의 정책과 사회 풍조에 대한 비판이 창선이를 통해 결정적으로 다시 한 번 나타납니다. 이것은 소극적인 방식이라 할지라도 P가 당시 사회 현실을 비판하고 그것에 저항하는 의미가 담겨 있습니다.

P의 마지막 중얼거림은 겉으로 보자면, 대학을 나온 자신은 아직

까지 실업자 신세를 면치 못하고 있지만, 자기 아들은 비록 인쇄소 노동자로나마 일자리를 찾았다는 뜻입니다. 그러나 아들 역시 자신의 꿈을 펼치기 위해 자기가 원하는 일에 나서는 것이 아니라, 그저 '이미 정해진 인생'('레디메이드 인생')을 살기 위해 '팔리는 것'일 뿐이라는 것이 이 말의 속뜻입니다. P의 마지막 말이 이렇게 매우 슬픈 느낌을 담고 있기 때문에, 우리는 이 작품의 사회 현실 비판을 더욱 깊이 받아들이게 됩니다.

Q 〈레디메이드 인생〉의 P와 〈치숙〉의 '아저씨'는 모두 지식인인데요. 두 인물을 같은 부류의 지식인으로 볼 수 있을까요?

A 두 인물 간에는 공통점도 있고 차이점도 있습니다. 우선 공통점부터 하나씩 짚어 볼까요?

두 인물 모두 1930년대 당시에 일본에서 대학까지 마친 최고 수준의 지식인들입니다. 그러면서도 변변한 직업도 갖지 못한 룸펜이지요. 또 〈레디메이드 인생〉의 P는 이미 본부인과 이혼을 했고, 〈치숙〉의 '아저씨'는 이혼은 안 했지만 본부인에게 애정을 느끼지 못해 첩을 둔 적이 있다는 면에서도 비슷합니다. 당시에는 어린 나이에 부모가 정해 준 여성과 혼인하는 이른바 '조혼'의 풍습이 남아 있었어요. 그런데 조혼을 한 후 고등 교육을 받고 자유연애에 눈 뜬 지식인 남성들은 거의 강제적으로 결혼했던 본부인에게서 애정을 느끼기가 어려웠지요. 채만식은 조혼으로 인한 '애정 없는 결혼 제도'에도 대단히 관심이 많았습니다. 그래서 〈레디메이드 인생〉의 P나 〈치숙〉의 '아저씨'도 이 문제를 겪는 것으로 그리고 있는 것이지요.

그러나 두 인물은 처지나 성격 면에서 다소 차이가 있습니다.

우선, 〈치숙〉의 '아저씨'는 생활 능력 면이나 사상 면에서 아주 건실하고 굳센 것 같지는 않습니다. '나'가 어쨌거나 활기찬 모습을 보이는 반면에 '아저씨'의 태도는 무기력하고 모호해 보입니다. 물론 '아저씨'의 모습은 '나'라는 부정적인 인물의 눈을 통해 그려지기 때문에, '나'가 전하는 그대로 '아저씨'에 대해 부정적인 판단을 내려서는 안 됩니다. '나'가 '아저씨'를 경멸하는 것과는 정반대로, '아저씨'는 사람들이 평등하게 살 수 있는 이상적인 나라를 꿈꾸면서 자신의 청춘을 바친 훌륭한 면을 지니고 있기 때문입니다. 그런데 동시에 '아저씨'는 생활 면에서 무능력하고 자기 아내에게 무책임하며 사상적으로는 사회주의를 이념적인 꿈으로 지니고 있는 이상주의자입니다.('이상주의(理想主義)'는 '현실적 가능성을 무시하는 공상적이거나 광신적인 태도'를 뜻합니다.)

그런데 사회주의 사상을 버리지 않고 있는 〈치숙〉의 '아저씨'에 비해 볼 때, 〈레디메이드 인생〉의 P는 사상 면에서 투철하거나 분명하지는 않지만, 냉소적인 성격은 더 강합니다. 그리고 직장을 얻는 데에 실패하면서 지식인으로서 어떻게 살아가야 할지 방향을 잡고 있지도 못합니다. 그러나 P는 대학까지 나오고도 비참한 처지에서 벗어나지 못하는 자신과 친구들의 모습을 통해, 지배 계층이 주장하는 논리의 허구성과 사회 현실의 문제점을 정확하게 꿰뚫어 볼 줄 아는 인물입니다. 또한 이러한 판단 아래 자기 아들을 노동자로 만드는 결단력도 지니고 있습니다. 다시 말해 〈레디메이드 인생〉

의 P는 〈치숙〉의 '아저씨'처럼 자신이 이상으로 삼을 만한 사상은 아직 지니고 있지 못하지만, 현실을 더욱 냉철하게 보고 결단력 있게 행동할 줄도 아는 인물이라 할 수 있습니다.

❧ 더 읽어 봅시다 ❧

1930년대 직업이 없는 지식인의 모습을 다룬 작품

박태원, 〈소설가 구보 씨의 일일〉 _직업과 아내가 없는 26세의 소설가인 지식인 구보 씨가 집에서 정오에 나와 새벽 2시에 들어갈 때까지 서울(경성) 시내를 배회하면서 겪는 일과 내면 의식을 보여 주고 있다.

이상, 〈날개〉 _아내가 만든 규칙을 지키며 하는 일 없이 아내에게 기생하며 살던 한 사내가 겨드랑이의 사라졌던 날개가 다시 돋는 환상을 꿈꾼다는 이야기로, 무기력과 절망에 빠진 천재 지식인의 자유의 갈망을 상징적으로 보여 주고 있다.

채만식(1902 ~ 1950)

풍자로 현실을 비판하고, 바람직한 역사의 방향을 탐구하다

채만식은 한국의 풍자 문학을 대표하는 작가로 잘 알려져 있다. 흔히 풍자라 하면 어떤 부정적 대상을 단순히 우스꽝스럽게 비꼬는 것 정도로 이해되곤 하지만, 사실 풍자에는 그러한 면만 있는 것이 아니다. 풍자는 한 사회의 전통이 무너져 가는 엄중한 시대에 작가가 현실 문제를 근본적으로 비판하고자 할 때 나타나는 독특한 문학 형식이다.

채만식이 살았던 1902년에서 1950년까지의 시기는, 우리나라가 (조선 시대에서) 대한 제국 시대로 접어들었다가 일본 제국주의에 강제 병합되어 고난을 겪은 뒤, 해방되자마자 분단되어 6·25 전쟁이라는 동족상잔의 비극이 발발하기 직전(채만식은 해방 3주년인 1948년 8월 15일에 쓰기를 마친 〈낙조(落照)〉라는 작품에서 6·25 전쟁을 예언하는 듯한 말을 했으며, 전쟁이 나기 바로 2주 전에 죽었다.)까지였다.

그가 살았던 시기에, 우리나라와 민족 전체의 삶이 역사상 그 어느 때보다도 어려움에 처했던 만큼, 채만식은 나라와 민족이 그러한 어려움에 처하게 된 근본 원인을 과거의 부정적 전통과 당대 현실의 근본적 모순에서 찾아내고자 하였다. 그는 자신이 살고 있던 시대의 현실 모순을 살펴보면서, 다른 한편으로는 그 현실 모순을 더욱더 복잡하고 어렵게 만든 우리 전통의 문제점을 깊이 탐구하였다. 이처럼 과거의 부정적 전통과 당대 현실의 근본적 모순을 동시에 밝혀 비판하고자 하여 찾아낸 방법이 바로 풍자였다.

채만식은 풍자를 통해 무엇보다도 당대 현실의 근본적 모순을 파헤치고 있다. 그것은 우선 그의 대표적인 중·단편에 드러나 있다. 〈레디메이드 인생〉(1934)에서는 전통적인 유교적 지식인 우대 사상이 일제 '문화 정치'의 교육 만능주의와 결합된 결과 양산된 지식인들이 직업도 갖지 못한 채 무기력하게 희망 없이 살아갈 수밖에 없는 현실을 신랄하게 비판하였다. 또한 돈 20전에 몸을 파는 어린 여성의 모습을 통해, 돈의 노예로 살아갈 수밖에 없어 도덕적 가치를 돌볼 여력이 없는 민중들의 비참한 현실을 폭로하기도 하였다. 〈치숙〉(1938)은 한때 사회주의 운동을 하다가 감옥에 갔다 온 후 폐인이 되다시피한 지식인 아저씨(오촌 고모부)를, 철저한 황금 만능주의자이자 일본 숭배자인 젊은 조카가 조롱하고 경멸하는 이야기체를 통해, 젊은 조카 같은 사람들이 출세하게 되는 현실 세태를 반어적으로 풍자하였다. 〈논 이야기〉(1946)에서는 일제 강점기에 일본인에게 판 땅을 해방이 되었으니 당연히 되찾을 수 있을 거라 기대했으나, 해방된 나라에서 그 땅을 다시 판다는 사실을 알고 '나라 없는 백성'을 자처하는 한덕문이라는 한 농민을 통해, 민중들에게 나라의 진정한 의미란 과연 무엇인지에 대한 질문을 던진다.

채만식은 풍자를 통해 부정적 전통을 다룰 때에도 역시 당대의 근본적 현실 모순과의 연관 속에서 그것을 비판하였다. 이는 주로 그의 장편에서 잘 나타나는데, 그것은 무엇보다도 삶의 현실 문제에 무력하거나 가족 구성원들에게 마음에서 우러나는 존경을 받지 못하면서도 가부장으로 하여금 허울뿐인 권위를 내세우게 만드는 가부장제 전통이었다. 그의 대표 장편인 〈탁류〉(1937~38)와 〈태평천하〉(1938)는 가부장제 전통의 부정성이, 실질적으로는 황금 만능주의가 지배한 일제 강점기의 현실적 모순과 합해져 나타나는 추악한 모습을 생생하게 그려 낸 작품들이다. 〈탁류〉의 정 주사는 일확천금을 꿈꾸며 '미두'라는 합법적 도박 행위에 빠져 있으면서, 돈을 대가로 하여 큰딸 초봉을 결혼시키면서도 생활에 무능한 자신을 돌아보기는커녕 허울 좋은 가부장 의식을 끝내 버리지 못한다. 〈태평천하〉의 윤 직원 영감은 그와 반대로 고리대금업과 극단적 이기심을 통해 거부가 된 돈의 숭배자이면서도, 돈을 주면서까지 '직원'이라는 향교의 직함을 사는 등 허울뿐인 명예 의식을 지니고 있지만, 가족 구성원 누구에게도 가부장의 권위를 인정받지 못한다.

채만식의 문학은 풍자를 통해 현실을 신랄하게 비판하다 못해 냉소적이고 비관적인 태도를 주로 보여 주고 있다. 하지만 그러한 부정적 사고방식의 바탕에는 미래의 긍정적 역사의 방향을 모색하고자 하는 노력이 깔려 있다. 〈탁류〉에서 보듯이 그는, 정 주사로 상징되는 허울뿐인 가부장제 전통과 초봉처럼 가부장제의 억압을 벗어나지 못하고 허덕이는 구여성의 비주체성을 해결할 인물로, 계봉같이 사고와 행동이 자유롭고 발랄한 여성상을 제시하고 있다. 또한 말년에 쓴 중편 〈소년은 자란다〉(1949)의 제목과 내용에 잘 나타나듯이, 그는 새로운 여성과 더불어 자라나는 어린 세대들이 역사를 바람직한 방향으로 이끌어 주리라 기대하기도 했다.

  풍자와 더불어 채만식 문학에서 두드러진 또 하나의 특징은 방언과 구어의 구사이다. 김유정 소설과 더불어 채만식 소설의 어휘가 다른 어느 작가들보다 풍부한 것은 그가 주로 방언과 구어를 사용했기 때문이다. 방언과 구어는 관념적이거나 추상적인 말이 아니라 생활 현장에서 쓰는 말이기 때문에 채만식 소설은 아주 생생한 느낌을 준다. 또한 전라도 출신인 작가 채만식은 그 지방의 판소리 사설 형식을 활용하여 〈태평천하〉와 〈치숙〉 같은 이야기체 소설을 만들어 내기도 하였다. 작품의 주제가 너무 무거워서 자칫 심각해질 것만 같은 그의 소설들이 재미있게 읽히는 이유가 바로 여기에 있다.

연보

1902년 _ 6월 17일, 전라북도 옥구군 임피면 읍내리 274번지에서 아버지 채규섭과 어머니 조우섭 사이에서 9남매 중 5남으로 태어남(6남매만 생존). 본관은 평강. 선조들이 대대로 옥구에서 살아왔다 하며, 부친 규섭 씨 대에 와서 가산이 늘어나 어린 시절에는 비교적 여유 있는 생활을 함.

1910년 _ 임피 보통학교에 입학함. 입학 전(6, 7세 때)과 후 자기 집에 개설된 서당에서 한문 공부를 함.

1914년 _ 3월 26일, 임피 보통학교(4년제) 졸업. 집의 서당에서 한문 공부를 계속함.

1918년 _ 3월, 서울로 올라와 중앙 고등 보통학교(당시 사립 중앙 학교)에 입학함.

1920년 _ 4월 21일, 3학년 재학 중 19세의 나이로 익산군 함라면 함열리의 은선홍과 결혼함. 이때 은 씨의 나이는 20세.

1922년 _ 3월 19일, 중앙 고등 보통학교(4년제)를 13회로 졸업함. 4월 14일, 일본 와세다 대학 부속 제일 고등 학원 문과에 입학함. 이 학원 축구 선수(센터 포워드)로 활약함.

1923년 _ 4월, 와세다 대학 영문과에 입학하지만, 귀국하라는 전보를 받고 와 보니 집안이 몰락하여 학업을 중단하게 됨. 대학을 폐한 좌절을 극복하고 작가가 되고자 처녀작 〈과도기〉를 탈고함. 강화도에서 사립 학교 교사로 잠시 취직함.

1924년 _ 2월 1일, 장기 결석과 학비 미납으로 와세다 대학에서 제적됨. 11월, 장남 무열이 태어남.

12월, 단편 〈세 길로〉가 「조선문단」 1권 3호에 이광수의 추천으로 게재되어 등단함.

1925년 _ 7월, 「동아일보」 정치부 기자로 입사함.

1926년 _ 9월 15일, 딸 복열이 태어남.

10월, 1925년의 '전조선기자대회'에 이어 1926년 6·10 만세 사건 이후 「동아일보」 기자에서 면직되어 낙향함. 낙향 후 3년여의 기간은 실직 고등 인텔리로서 힘든 시간이면서도 또 한편으로는 조선 농민들의 실제 생활상을 체험하고 사회 과학 학습을 알차게 할 수 있는 귀한 계기였다고 술회함.

1928년 _ 차남 계열이 태어남.

1929년 _ 11월, 「개벽」에 입사함.

1933년 _ 「개벽」의 몰락으로 다시 실직함. 최초의 장편 〈인형의 집을 나와서〉를 「조선일보」에 연재함.

1934년 _ 「조선일보」 사회부 기자로 입사함.

5~7월, 실직 당시의 경험을 반영한 〈레디메이드 인생〉을 발표함.

1936년 _ 1월, 전업 작가의 길을 걷기 위해 「조선일보」를 사직하고 개성으로 이사함.

1937년 _ 10월, 대표작 〈탁류〉를 이듬해(1938년) 5월까지 「조선일보」에 연재함.

1938년 _ 1~9월, 대표작 〈천하태평춘〉(이후 〈태평천하〉로 제목을 바꿈)을 「조광」에 연재함.

1940년 _ 개성에서 안양으로 이사함.

1941년 _ 서울 동대문 밖 광장리로 이사함.

6월, 장편 〈금의 정열〉이 출판됨.

1942년 _ 장편 〈아름다운 새벽〉을 「매일신보」에 연재함. 둘째 부인과의 사이에서 삼남 병군이 태어남. 안양에서 서울 광나루로 이사함.

1943년 _ 10월, 단편집 『집』이 출판됨.

11월, 중편집 『배비장』이 출판됨.

1944년 _ 딸 영실이 태어남.

1945년 _ 1월, 아버지가 돌아가시고, 장남 무열이 병으로 죽음.

4월, 고향인 임피로 내려가 살다가 해방을 맞음. 해방 직후 상경하여 충정로로 이사함.

1946년 _ 〈미스터 방〉, 〈논 이야기〉 등을 발표함.

11월, 중편집 『허생전』이 출판됨.

12월, 작품집 『제향날』이 출판됨.

다시 낙향하여 이리시 고현동의 둘째 형 집으로 이사함.

1947년 _ 어머니가 돌아가심.

2월 7일, 둘째 부인과의 사이에서 사남 영군이 태어남.

3월, 『조선 대표 작가 전집』 제8권이 출판됨.

1948년 _ 장편 〈태평천하〉가 출판됨. 〈낙조〉를 발표함. 단편집 『잘난 사람들』이 출판됨. 작품집 『당랑의 전설』이 출판됨.

1949년 _ 2월 25일, 중편 〈소년은 자란다〉를 탈고함(「월간문학」 72년 9월호에 유고로 발표).

3월, 장편집 『탁류』가 출판됨. 이리시 주현동으로 이사함.

1950년 _ 봄에 이리시 마동 269번지에 집을 사서 이사함.

6월 11일, 이 집에서 지병인 폐질환으로 별세함.

사후

1984년 _ 8월 2일, 군산시 월명 공원에 채만식 문학비가 세워짐.